CB016596

MACHU PICCHU

A marca FSC® é a garantia de que a madeira utilizada na fabricação do papel deste livro provém de florestas que foram gerenciadas de maneira ambientalmente correta, socialmente justa e economicamente viável, além de outras fontes de origem controlada.

TONY BELLOTTO

Machu Picchu

1ª reimpressão

Grafia atualizada segundo o Acordo Ortográfico da Língua Portuguesa de 1990, que entrou em vigor no Brasil em 2009.

Capa
Retina_78

Foto de capa (São Paulo)
@ Afonso Lima

Preparação
Ciça Caropreso

Revisão
Isabel Jorge Cury
Marise Leal

Os personagens e as situações desta obra são reais apenas no universo da ficção; não se referem a pessoas e fatos concretos, e não emitem opinião sobre eles

Dados Internacionais de Catalogação na Publicação (CIP)
(Câmara Brasileira do Livro, SP, Brasil)

Bellotto, Tony
Machu Picchu / Tony Bellotto. — 1ª ed. — São Paulo : Companhia das Letras, 2013.

ISBN 978-85-359-2245-5

1. Romance brasileiro I. Título.

13-01120 CDD-869.93

Índice para catálogo sistemático:
1. Romances : Literatura brasileira 869.93

EDITORA SCHWARCZ S.A.
Rua Bandeira Paulista, 702, cj. 32
04532-002 — São Paulo — SP
Telefone (11) 3707-3500
Fax (11) 3707-3501
www.companhiadasletras.com.br
www.blogdacompanhia.com.br

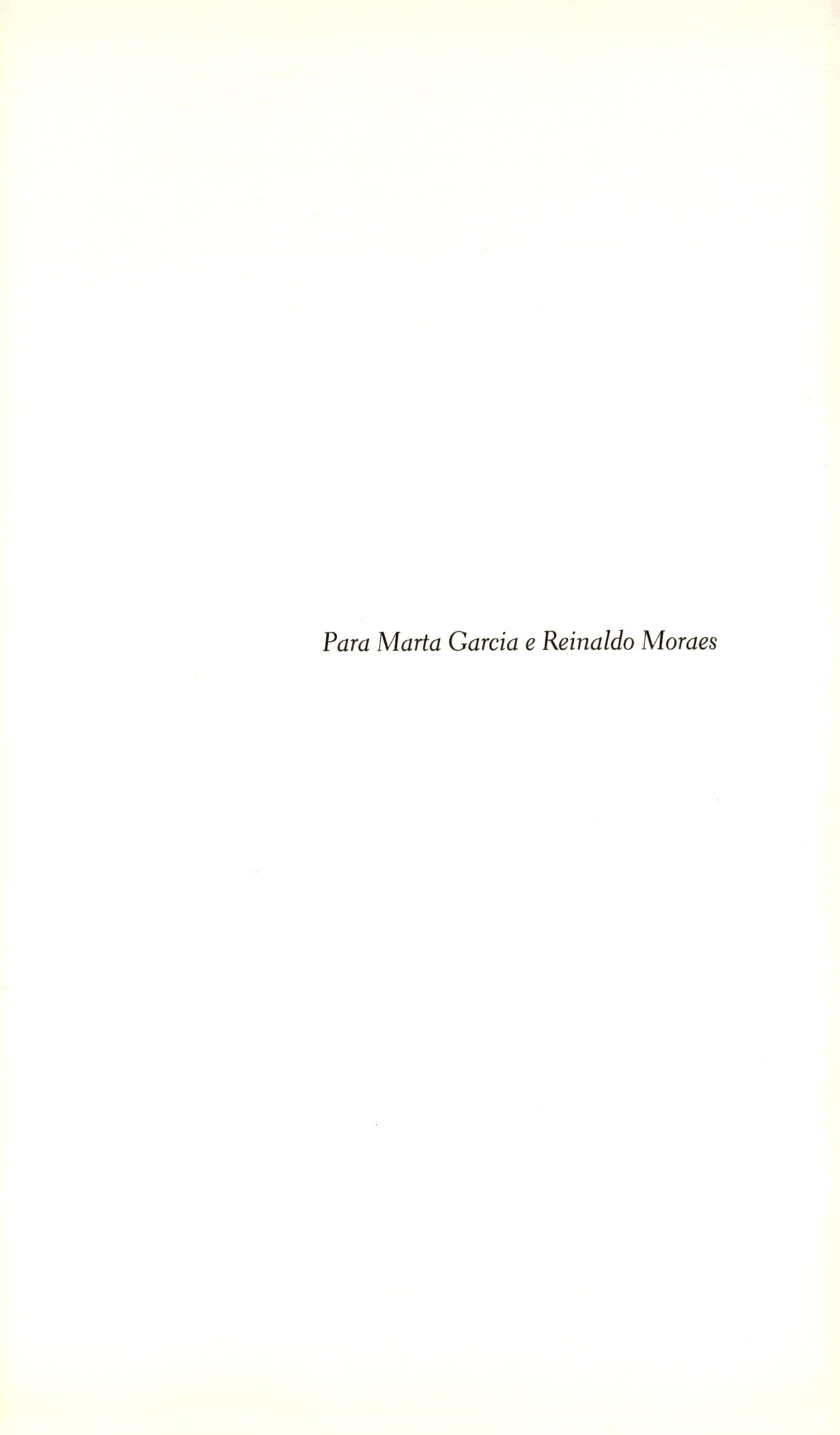

Para Marta Garcia e Reinaldo Moraes

O bom senso sempre fala tarde demais.
Philip Marlowe em *Playback*,
de Raymond Chandler

MACHU PICCHU

I

1.

Um homem percebe que está numa encruzilhada quando se tranca em sua sala no último andar do Dreyfuss e Macedo Advogados, senta-se à mesa encarando o Mac com monitor de vinte e seis polegadas — atrás do computador, a janela que emoldura o Pão de Açúcar surge como um fundo difuso —, abre a braguilha e começa a manusear o próprio pênis enquanto W19, quase nua no Skype — ela calça sapatos de salto —, se contorce em manobras que permitem a visão concomitante — sou advogado, o que justifica o uso de palavras idiotas como *concomitante* e a construção de parágrafos truncados e aparentemente sem fim — do rostinho sorridente e vermelho pendendo de ponta-cabeça entre as coxas, dos peitinhos quase inexistentes mirando o chão, da bunda torneada e do cuzinho *rosé* como o vértice de uma pirâmide, de parte da bucetinha depilada — lisinha, lisinha — com o grelo destacado por dedinhos melados e das longas pernas de antílope, ou de maneca, tanto faz, abertas num V ao contrário, cujas pontas culminam em dois saltos finos como exclamações, e ao passar os olhos por um calendário eletrônico sobre a mesa — sem que isso interfira na rigidez de sua pica apesar da aguda consciência despertada pela data — pensa: dezoito anos já?

Não que W19 esteja se masturbando. Não, exibe-se com distanciamento e discreta arrogância apenas para que o homem frua de seus contorcionismos e os utilize para atingir o clímax diante do computador, ai, que tesão, Dabliuzinha, coisa gotosa, dezenovinha, tesão, isso… dobra o corpo mais um pouco… mostra a buceta, assim, unha roxa hoje? isso, escrotinha, ajoelha, coisona! cuzinho… cuidado pra não quebrar o pescoço… isso, o grelinho, vai, abre mais a perna, bucetão, semana passada essa unha não era verde?, vou gozar, isso, ááááá… gozei.

Um homem compreende que caminha para o abismo quando, ao procurar na gaveta lenços de papel para limpar o esperma que escorre pela mão direita depois da ejaculação — o que faz com pressa, receoso de que o toque do interfone e a voz da secretária o alertem sobre alguma reunião inesperada ou um compromisso antecipado —, vê no computador W19 desengatar o calcanhar da própria nuca e em seguida proferir, com risinho sádico, antes de desligar o Skype e interromper abruptamente a comunicação: “É hoje, Zé. Teu prazo acabou. É hoje que eu apareço na tua casa pra gente ter aquela conversa”.

2.

Há seis meses me apaixonei por um colega de trabalho. Resisto a chamá-lo de amante, embora tecnicamente não exista outra maneira de definir o personagem (*amante* é um substantivo inspirador que acabou vulgarizado numa definição meio brega, concorda?). Tem sido uma paixão trator como as da minha juventude, aquelas que eu imaginava sepultadas com os pôsteres da Madonna, patins de botinhas, coração apertado, lágrimas inúteis, beijos úmidos no espelho e os orgasmos épicos sob o olhar atento de Tom Cruise no cartaz de *Top Gun* na parede do meu quarto. Ressalto *trator*, pois assim tento dissipar um pouco, e não consigo, a culpa por trair o Zé Roberto. Afinal são dezoito anos, e isso deve significar alguma coisa. Tipo que eu estou por aqui da instituição (quando você começa a chamar o próprio casamento de *instituição*, fodeu). Mas não quero passar uma imagem vulgar de mim mesma. Não estou pulando a cerca. Pular a cerca é coisa de homem. Pulam pelo prazer de pular, na busca efêmera da fodinha corriqueira (e também um pouco transcendente, não se pode negar, apesar da inveja) antes do jantar em família. Acontece que o Zé Roberto não é esse tipo de homem, o maridinho escroto padrão. Seria mais fácil se fosse. Nem eu sou assim, é importante que fique bem claro. *Eu não sou assim* foi das primeiras coisas que eu disse ao meu, fazer o quê, amante. *Eu não sou assim do jeito que tenho sido*. Sabe aquela confusa segura de si? Que frase horrível para dizer a um amante no momento em que ele tenta me desvencilhar da calcinha azul-turquesa. *Eu não sou o tipo de mulher que tem amante, viu? Acho amante um negócio brega. A palavra e o conceito*. Vacilou, uma frase dessas pode implodir uma história de amor. Ou esguichar água gelada num pau em admirável processo de expansão. Mas o Helinho gostou. Da frase e da calcinha.

3.

Meu pai diz que a minha geração não sabe conjugar os verbos na segunda pessoa do plural, o misterioso sr. Vós. Ele ficou bolado outro dia quando cheguei em casa e perguntei pra minha irmã: Tu veio jantar hoje? Milagre! Tu veio uma ova, disse meu pai. Ou você veio, ou tu vieste. Então ele me mandou conjugar o verbo vir no pretérito perfeito: eu vim, tu vieste, ele veio, nós viemos, vós... Nessa hora meus pais arregalaram os olhinhos e minha irmã armou um sorrisinho sacana, todos crentes que eu ia falar uma barbaridade do calibre de um vós *viésteis*, porque o Vós é sempre o ponto crítico das conjugações, um buraco no meio da rua, e eu fiz suspense, como se estivesse em dúvida, mas eu sabia que é *viestes* porque por coincidência o Frank, que meus pais chamam de meu guru, tirando onda, mas que é só um amigo, ou mais que isso, um mestre no sentido em que um samurai usaria o termo, costuma cumprimentar as pessoas usando a segunda pessoa do plural. *Vós viestes, sobranceiro e fornido* é a primeira coisa que o Frank vai dizer logo que eu chegar na pedra do Arpoador, certeza. E agora, pedalando a Gisele pela ciclovia da praia de Copa, recebo a revelação divina de que a bike vai ser o transporte do futuro. Tudo parado, desde Bota até aqui. E quando o Aterro está parado e também Copa é porque o mundo parou. Posso ver Deus saindo de uma nuvem e dizendo a bike...aique...aique... aique é o futuro...uro...uro...uro. Porque Deus fala com eco, todo mundo sabe. E aposto que meus pais devem estar parados em diferentes pontos da cidade, imobilizados pelo trânsito, tentando voltar pra casa, estressados, sem ouvir a voz de Deus e seu excelso delay em três tempos. E eu ainda estou indo, mas com certeza já terei voltado quando meus pais chegarem em casa. E o que eu vou dizer quando vir os dois? Vós vos fodestes...destes...destes...destes.

4.

Um homem encontra enfim o abismo sentado no banco de trás de um táxi imóvel no meio de um congestionamento e começa a digitar em seu iPad o adiado diário, que, espera, não passe de um sintoma normal e inconsequente — embora meio ridículo, anacrônico e indicador de uma tentativa infantil de fugir de um problema urgente — de uma crise de meia-idade. E assim, querido — posso te chamar de *querido*, não posso? *querido diário* é um clichê irresistível —, o homem lembra que se masturbou há pouco no escritório enquanto testemunhava pelo Skype as acrobacias sexuais de W19 e rememora a ameaça, nada inconsequente, que se seguiu ao frêmito — olha o advogado arvorando palavras vistosas como *frêmito* — do gozo. Ele sabe que o congestionamento proporciona boa oportunidade de reflexão, e as perguntas que se coloca são basicamente:

Que merda eu estou fazendo?

Como fui cair nessa armadilha?

Onde eu estava com a cabeça, caralho?

À última pergunta ele reage, sem conseguir evitar um sorriso que mescla autoironia e amargor, com a constatação de que a resposta óbvia está contida na própria formulação, um tanto chula, da questão: estava com a cabeça no caralho, lógico.

5.

A vantagem de ficar parada num congestionamento é poder divagar em voz alta sobre o amante mesmo quando um sujeito com cara de fugitivo de Bangu 1 aparece de repente na janela do seu carro e oferece um copinho d'água com a delicadeza de quem detona uma metralhadora: "Água!! Água!! Agagagagágua!!!".

"Que susto!"

(Uma metralhadora de língua presa e evidentemente um pouco gaga.)

"Não, obrigada."

A desvantagem é imaginar que você vai chegar atrasada ao jantar de comemoração dos seus dezoito anos de casamento. No carro ao lado um maluco que gritava ao celular agora chora como um bebezinho faminto. Chego a sentir pena. Alguém poderia pensar que ele discutia com a esposa (olha eu, enxergando casamentos em crise em tudo quanto é canto) e que depois de expelir uma labareda de palavrões começou a chorar dizendo: "Não é nada disso, amor, estou descontrolado, desculpe...". Pode ser. Mas acho que não, tudo não passa de uma reação emotiva ao trânsito. Um surto de stress de trânsito, só isso. Talvez ele esteja falando com seu psicanalista, desabafando, explicando que não aguenta mais ficar rotineiramente parado duas horas, imobilizado no meio da Linha Vermelha, angustiado, impregnado de sangue e formol depois de passar o dia ministrando aulas de dissecação de cadáveres na faculdade de medicina... Não, esse sujeito não tem cara de professor de dissecação de cadáveres (será que existe uma matéria com esse nome na faculdade de medicina?). Ele é careca e bochechudo, e usa óculos. Cara de gerente de supermercado. Opa, me olhou!

6.

Tudo começou há mais ou menos seis meses. E a história até que começou bem, inocente e edificante. Como o homem poderia não ter notado, entre as mensagens de seu e-mail, o pedido de W19 para que ele se juntasse a seus companheiros de Facebook, argumentando ser ela *também* fã dos Dead Kennedys e de Erik Satie? Como assim *também*? Saberia W19 de antemão que o homem era fã dos Dead Kennedys e do Erik Satie? Como? Ele nunca foi de frequentar fã-clubes nem sites de relacionamento e tem ojeriza ao termo *redes sociais*. Difícil acreditar em coincidência, supondo não ser grande o número de pessoas que admiram igualmente o grupo punk californiano do final dos anos 1970 — cujo nome é um achado — e o excêntrico compositor erudito francês, Esotérik Satie, o genial gymnopedista, precursor, entre outros gêneros — sei que muitos discordariam —, do jazz. Mas com que intuito, então, W19 o abordava citando os Dead Kennedys e Erik Satie? Como conseguira seu e-mail? E quem, ou o quê, era W19 afinal de contas?

Evidentemente o Homem — *eu*, se o querido diário ainda não notou; é que certas coisas são mais fáceis de confessar na terceira pessoa — não aceitou a convocação de W19 para engrossar suas hostes de "amigos" virtuais no Facebook, já que aos quarenta e dois anos se considera um peixe fora d'água das redes sociais e agrupamentos, que lhe remetem à Turma do Balão Mágico, ao Clube do Bolinha, à *Hora do Recreio* ou a qualquer título que se refira grosso modo a assuntos infantis. Mas respondeu ao e-mail, declinando gentilmente do convite e ressaltando sua surpresa em encontrar — *pela primeira vez*, escreveu — alguém que gostava dos Dead Kennedys e também do Satie. Embora fosse mais fã dos Dead Kennedys na intemperança da juventude e a maturidade tenha lhe proporcionado a descoberta *cool* de Satie, terminou a mensagem confessando que suas obras preferidas dos citados artistas eram, respectivamente, *Holiday in Cambodia* e *Le Piccadilly*, uma peça não muito conhecida do francês. Por fim, despediu-se: *beijo, Zé Roberto*.

Beijo?

7.

O carequinha me olha, eu desvio os olhos e ligo o rádio. Rádio MEC, música clássica. É a rádio preferida do Zé Roberto, razão pela qual toda vez que ligo o rádio ouço violinos, pianos, tubas, fagotes e tímpanos. O que pode parecer estranho, levando-se em conta que quando conheci o Zé Roberto ele era fã dos Dead Kennedys. Rachmaninoff, concerto para piano número 2. Eu normalmente desligaria o rádio, detesto os locutores empolados da Rádio MEC, que falam como se tivessem couves-de-bruxelas entaladas na garganta, e optaria por um CD, Maria Gadú cantando *Ne me quitte pas*, mas não consigo evitar uma epifania ao ouvir Rachmaninoff e vislumbrar a baía de Guanabara ao longe. O vendedor de água com cara de bandido carregando a imaginária metralhadora gaga, uma prosaica caixa de papelão cheia de copinhos d'água, sumiu entre os carros. Mas ainda posso captá-lo, sob Rachmaninoff: "Água!! Água!! Agagagagágua...".

8.

Vós viestes? Sobranceiro e fornido.

É assim que Frank me recebe no alto da pedra do Arpoador depois que travei a Gisele ao lado do quiosque do tiozinho gente boa.

Não disse que vinha?

Fiquei preocupado que você não chegasse. O trânsito...

Trânsito? Nenhum trânsito, tudo parado.

Frank dá uma risadinha.

Com a Gisele eu posso me locomover até no day after de uma hecatombe nuclear.

Frank dá outra risadinha e conclui como um juiz doidão: Bikeboy e as baratas. Os únicos que sobrarão pra contar a história!

Contornamos a pedra do Arpoador até o outro lado, o lado da grande revelação: o mar aberto e os ventos alísios chegando da África sem problemas de trânsito.

Experimenta isso, ele diz, me passando a bagana. Vejo um casal andando lá embaixo, nas pedras. Ó, alerto o Frank, fazendo um sinal com a cabeça na direção deles.

Limpeza. Turistas. Miou o bagulho do teu pai? Vai querer levar quanto?

Calma, deixa eu experimentar antes.

Experimenta, filhote. Experimenta.

Experimento. Experimento...to...to...to...to...to...to...

9.

Ela respondeu assim, dois dias depois:

A minha favorita dos Kennedys é "Too Drunk to Fuck". *Uma coisa óbvia que na boca do Jello vira uma sacada incrível! Rsrsrsrs... e do Satie, que um ex-namorado pentelho insistia em chamar de* Chatí, *nem preciso dizer por que terminei com ele, as minhas favoritas são os* Noturnos. *Para serem ouvidos à noite, claro, com uma vodca e um moleskine do lado. Bjs, W19.*

Mais do que as escolhas — o Homem acha "Too Drunk to Fuck" primorosa, mas duvida que uma mulher possa compreender a essência da canção na mesma medida que um homem, e por uma razão óbvia, que ele, numa citação deslocada de *Um bonde chamado desejo*, define como Um Dado Chamado Ereção; e os *Noturnos* de Satie, que são muito bons, isso não se discute, como tudo o que fez o incansável gymnopedista, mas que acredita fascinarem uma mulher muito mais pelo título e pela sugestão que a palavra exerce sobre a mente feminina do que por suas qualidades propriamente musicais — o que chama a atenção do Homem no e-mail de W19, e o sensibiliza de forma inédita, descontando as presenças sedutoras da vodca e do moleskine, um caderninho que não sabe por que ele associa a lingerie, são as grafias absolutamente boçais de *Rsrsrsrs* e *Bjs*, além da assinatura W19, que mais do que o nome de uma mulher lembra a marca de um polidor de alumínio ou graxa para sapato.

10.

A verdade é que a primeira trepada com o Helinho (ele diz "a foda", eu digo "a transa", "trepada" desponta como um meio-termo satisfatório; acho "foda" grotesco), embora tecnicamente medíocre, foi maravilhosa. Tensa, desajeitada e muito excitante. E engraçada. Eu ria como uma adolescente chapada de ecstasy. *Eu não sou assim, Helinho. Eu não sou assim!* Não quero (ainda) entrar em detalhes constrangedores como o grau de lubrificação da minha xota ou a rigidez do pau dele na minha boca, e as manobras incisivas da ponta da minha língua em sua pica não circuncidada (ao contrário da do Zé Roberto), ou a cara engraçada que ele fez enquanto gozava, e a cosquinha que me deu ser chupada pela primeira vez por um cara de bigode, mas o fato é que eu não ficava tão excitada e ao mesmo tempo experimentava um sentimento difuso de medo, ou culpa, desde a época do colégio, nos amassos com o Rubinho no carro do pai dele nos cafundós da Barra. Por que lembrar do Rubinho agora? Por isso eu não consigo meditar. Já tentei, mas não consigo. Sabe aquela iogue repassando mentalmente a lista do supermercado durante a meditação? Os pensamentos me atropelam. O gorducho no carro ao lado, por exemplo. O gerente de supermercado com cara de professor de dissecação de cadáveres. Não, não estou dizendo que eu poderia amá-lo; ele não faz meu tipo. Não que eu tenha um tipo, não ligo se o homem é baixo, gordo ou careca. O Zé Roberto ainda tem bastante cabelo e sempre foi magro. Altura padrão. O Helinho também não é gordo. Nem careca. Pelo menos não *totalmente* careca. Basta que tenha, o que é isso, matéria da *Nova*?, bom humor e seja inteligente. Que horror. Virei miss depois de velha? Deixa eu começar de novo: o gorducho no carro ao lado, por exemplo. Será que ele está brigando com a mulher porque descobriu que ela ama outro homem? Ou argumenta com ela os sinuosos e específicos motivos que o levaram a amar outra mulher? Acho que não. Deve estar puto com algum problema na contabilidade da empresa. Os que amam de verdade não se estressam no trânsito.

11.

A partir daquele momento, do momento em que o Homem leu *Rsrsrsrs* e *Bjs* na mensagem de W19, apesar de considerar abreviações ciberespaciais a prova cabal — ainda preciso dizer que sou advogado? — da progressiva e inexorável imbecilização dos cibernautas, ele foi fisgado. Simples assim. Não que o Homem tenha tomado consciência disso imediatamente. Ou que tenha se apaixonado. Imagine! Não, teria achado ridículo. A princípio imputou a inédita simpatia pelos *Rsrsrsrs* e *Bjs* ao fato de eles representarem um contraponto besta, e por isso mesmo surpreendente, à erudição demonstrada por W19 ao observar frívolas peculiaridades nos Kennedys; não passou despercebido ao Homem o detalhe de *expertise* quando sua ciberinterlocutora se referiu ao grupo punk californiano com um reduzido *Kennedys*. Alguém que não fosse uma *connaisseuse* diria Dead Kennedys, assim como não cariocas chamam o Rio de *Rio de Janeiro*. Como uma nota dissonante à erudição, o Homem também se sensibilizou com o equivocado lirismo de W19, um lirismo meio infantiloide — e por isso mesmo tocante —, expresso nas menções ingênuas e charmosas à vodca e ao moleskine como companhias inseparáveis das audições dos *Noturnos* de — parafraseando o espirituoso gracejo do ex-namorado — *Chatí*.

12.

Não foram muitas as vezes em que eu e Helinho transamos. Sexo não é mesmo a ênfase do nosso caso. Eu e o Helinho nos apaixonamos, só isso. Sentimos tesão um pelo outro, claro, mas há algo de puro (e pueril) no nosso relacionamento. Medo? No começo, dizíamos: "*Eu estava tão bem, minha vida correndo tão legal e de repente me acontece essa paixão inesperada! Que presente do destino. Eu não queria isso. Eu não precisava disso*". Há que se tomar cuidado com os *presentes de grego* do destino. *Destino* não é um conceito inventado pelos gregos? Então. O carequinha no carro vizinho está dando risada agora. Se eu entendesse de carros, revelaria o modelo, a marca, citaria a potência do motor, cavalos, cilindros, essa chatice toda que os homens adoram. Mas eu não entendo, carro pra mim é tudo igual. Depois de chorar e apoiar os óculos no console, o gordinho enxugou as lágrimas pressionando as mãos contra o rosto e começou a rir. Ele ri de olhos fechados, o que dá um aspecto meio cômico à sua expressão. Como se estivesse rezando, mas debochando da reza. Ou rezando uma reza que por alguma razão fosse engraçada (como quando vemos pessoas de outra religião que não a nossa rezar). Ou entoando um mantra numa aula de ioga, mas meio constrangido, duvidando daquilo tudo. *Hare Rama*... Ele abre os olhos de repente, recoloca os óculos e me encara como se soubesse que o observo. O sorriso monalisa continua se destacando no meio do rosto gorducho, disputando com o olhar a minha atenção. Desvio os olhos novamente, o olhar dele me assusta. E o sorriso monalisa também. E fazem com que eu me sinta culpada, como se o estranho adivinhasse que estou apaixonada por um homem que não é o meu marido. Mas a culpa não resiste à paixão: tem coisa melhor do que estar apaixonada? Aquele nirvana fugaz que persigo distraída enquanto leio *As pontes de Madison* e ouço um disco do Coldplay, a respiração faltando e o coração em disparada quando Verônica, a chefe do nosso departamento, diz: "Alguém viu o Helinho por aí? Estou precisando com urgência daquele relatório sobre a dengue...".

Se você quer saber (e mesmo que não queira), acho esse negócio de paixão inesperada o maior caô. Pensando em tudo que me aconteceu nos últimos meses, chego à conclusão de que alguma coisa já não ia bem no meu casamento com o Zé Roberto, embora eu não saiba exatamente o quê. Talvez o que *não ia bem* seja apenas o fato de *estarmos* casados. Louco, não? Não se assuste com o meu ritmo. Sou pilhada. Por isso é que às vezes acho essa paixão inesperada pelo Helinho um presente de grego. Haja fôlego. E ginseng. E aulas de spinning de manhã. No fim tudo acaba em rotina.

13.

Are you experienced? ...enced? ...enced? ...enced?

Qualquer um concorda que Jimi Hendrix merece três ecos em suas falas. Já seus solos transcendem o conceito de reflexão de ondas sonoras e atingem o que meu pai chama de silêncio absoluto, o silêncio do ruído infernal, a surdez de Beethoven — para ser justo com o meu pai e não pensar nele só como o homem da segunda pessoa do plural, vós, vós, vós. Meu pai foi um puta de um maluco na sua época, e só porque agora é um advogado de meia-idade em crise existencial não deixa de queimar seu bagulhinho de vez em quando. Não é por outro motivo que estou aqui, na pedra, comprando a erva do Frank. Levou um tempo até que eu e meu pai entrássemos num acordo sobre essa questão. Adultos adoram *questões*. A questão da droga. A questão do sexo. A questão do isso ou do aquilo, Cecília Meireles. Será que estou virando adulto? Isola. Nosso acordo surgiu no momento em que descobri que meu pai fumava beques em casa, escondido da família. Dei um flagra nele no banheiro, em pé na privada, queimando o esplife e soltando a fumaça pela janela. A cara que meu pai fez ao ser flagrado? Hilário. Eu disse calma, pai, relax. Eu também fumo. Mas é o seguinte, tu tem que fumar do cultivado em casa, tá ligado?

Tu tem uma ova. Tu tens ou você tem. Verbo ter no presente do indicativo!

Eu tenho, tu tens, ele tem, nós temos, vós... vós...?

Tendes, puta que o pariu. Vós tendes. A educação foi pro saco neste país. Qual é a do cultivado em casa? Tens aí uma carinha? Não fale sobre nada disso com a tua mãe, hein?

14.

Os conhecimentos cibernéticos do Homem nunca ultrapassaram os rudimentos de um iniciante esforçado, e isso graças às dicas e à imensurável paciência de dois especialistas, seus filhos Claudinha e Rodrigo. Claudinha, sempre mais solícita e carinhosa, como é da natureza das filhas, embora sua insistente sonolência denotasse mais de uma vez um explícito saco cheio com a incompetência do pai em lidar com teclas e conceitos novos como o Twitter. *O quê? Twist?* Lamentável. E Rodrigo, um lacônico em essência, apesar da grande admiração que expressa pelo pai, e com quem, imagine, já fuma uns baseados de vez em quando sem a mamãe saber, não consegue às vezes evitar um "Porra, pai, se liga!".

Nos primeiros contatos, o Homem procedeu sem a ajuda dos filhos, já que domina plenamente a complexa arte de enviar e responder e-mails:

> *W19, como você descobriu meu e-mail? E como você sabia que eu era fã dos Kennedys e do Satie? E como ME descobriu? Enfim, quem é você, W19? Beijo, Zé Roberto.*

Afora a insistência desse suspeito *Beijo* com que dera para finalizar suas mensagens a W19, o Homem agia com certo distanciamento, como convém a um advogado de renome e homem equilibrado, embora a evidente curiosidade sugerisse um sutil descontrole emocional. As primeiras respostas, sempre evasivas, deixaram claro que um jogo de natureza desconhecida — ou, pelo contrário, conhecidíssima — se insinuava ali:

> *Rsrsrsrsrs! Tá curioso, é? Acho que eu tenho um sexto sentido pra encontrar fãs dos K's e do Éric Alfred. E quem sou eu? A W19! É só me procurar... Bjs!!!*

E foi assim que o Homem, incitado por tantos *Rsrsrsrs* e *Bjs* — sem deixar de notar o K's com que W19 se referiu aos Kennedys, e a alusão a Éric Alfred, o nome completo de Erik Satie era Éric Alfred Leslie Satie —, buscou o auxílio dos filhos para se aventurar, sem que eles desconfiassem com que finalidade, pelo mundo fantástico, e para ele desconhecido, dos Orkuts, Facebooks, Twitters, Instagrams e outras imprescindíveis e fugazes bobagens contemporâneas.

15.

Helinho é um especialista em dengue e gosta de divagar sobre peculiaridades como a frase do dialeto swahili (*ki dengu pepo*!, olha os maus espíritos atacando!) que originou o termo como é conhecida a enfermidade causada pelo arbovírus *Flaviviridae*, o popular Flavinho, como o chamamos carinhosamente no departamento. Flavinho é foda. Vírus categoria PP, o Pegador Predador: não sossega enquanto não te leva pra cama e te estronda. Muitas vezes tal compulsão viral é acompanhada de uma morbidez incurável, considerando-se que muita gente morre ao entrar em contato com Flavinho PP em sua forma, digamos assim, hemorrágica. Flavinho PP não parece nome de traficante? Faz sentido. Tudo isso com a inestimável ajuda do mosquito *Aedes aegypti*, se chamar por *Aedes albopictus* ele também responde, ou melhor, da mosquita (Edinha, no departamento, ou MPG, Muquitufa Pega Geral), já que apenas as fêmeas transmitem a doença. O macho, não afeito a sangue humano, vegetariano e mais evoluído numa escala "budista" de vida, só se alimenta da seiva de plantas. Além disso, Helinho é um grande fã do Osvaldo Cruz, o superepidemiologista brasileiro do início do século XX, aluno brilhante do Instituto Pasteur de Paris, discípulo do venerável Monsieur Émile Roux, Osvaldo, o bonitão de fartos bigodes e cabeleira impecável de tons grisalhos que lhe asseguraram gravidade, competência, charme e autoridade (imagine o Antonio Fagundes no papel) para fundar o Instituto Soroterápico Federal, que daria origem à atual Fiocruz, liderar e organizar batalhões de "mata-mosquitos" e convencer o presidente Rodrigues Alves a decretar vacinação obrigatória. A consequência disso foi a Revolta da Vacina: as pessoas se indignaram com a invasão de suas casas para a eliminação dos mosquitos e a aplicação de vacinas à força, apesar de o Rio de Janeiro ser uma das cidades mais sujas do mundo na época (na época?).

16.

As buscas pelos labirintos luminosos da internet levaram o Homem a se deparar com algo mais complexo que uma esfinge. Esfinges são coisas do passado, afinal, ruínas em desertos distantes em que se travam batalhas por território e domínio de petróleo. No Facebook, W19 era mais que uma esfinge: uma foto intrigante, gostosinha pra cacete, de uma menina de dezenove anos.

Era assim que ela se apresentava em seu "perfil" cibernético: W19. Só isso. Nem um nome ou sobrenome. A foto mostrava uma garota morena com rostinho infantil, embora o semissorriso denotasse ambiguidade e... perigo! Cabelo curto, piercing no supercílio esquerdo, peitinhos quase inexistentes sob uma camisetinha baby look que não exibia uma foto dos Dead Kennedys, mas o rosto debochado de Satie emoldurado por papoulas roxas numa referência explícita à pop art dos anos 1960, bermudinha jeans da qual despontavam pernas longilíneas — o Homem tem um fraco por shortinhos jeans —, tudo nela evocava uma ereção instantânea, e foi o que aconteceu, o advogado, olhando o computador em sua sala no intervalo entre uma reunião e uma ida ao fórum, ficou de pau duro e teve de disfarçar quando Dreyfuss, seu chefe, entrou na sala para gozá-lo por causa da derrota do Fluminense na noite anterior.

Nos dias que se seguiram à descoberta do perfil de W19 no Facebook, o Homem, nos poucos momentos de folga que lhe proporcionava o trabalho, já não tão desconcentrado pela incômoda ereção, prestou atenção nos textos com que W19 indicava o que seriam pistas de sua personalidade numa espécie de confessionário virtual denominado *about me*: havia ali um trecho de um poema de Rimbaud que atingiu o coração do Homem como uma estaca de madeira...

Queridinho — *queridinho*? o advogado perde a compostura? —, interrompo, ou o Homem interrompe, a confissão, pois uma moça bate à janela do táxi no meio da pasmaceira do congestionamento.

"Não tem esmola, não", diz o motorista, embora a moça bata à janela do Homem, no banco de trás.

"Não quero esmola!", ela diz, olhando fixamente os olhos do Homem. Um olhar, diga-se, que lhe causa arrepio talvez pelo medo de que a moça lhe roube o iPad. "Quer ler a mão?"

"Uma cigana", diz o motorista. "Já vi de tudo aqui, puta, traveco, mendiga, ladrona, vendedora de água, de biscoito, de maconha, usuária de crack. Cigana eu nunca tinha visto. Deve ser o aquecimento global."

O Homem não compreende exatamente o que o motorista quer dizer com isso, já que não vê relação entre o aquecimento global e o fato de uma cigana se oferecer para ler sua mão num congestionamento nas pistas do Aterro. Sua hesitação, no entanto, é interpretada como recusa pela cigana, que segue caminho entre os carros oferecendo seus serviços a outros motoristas e passageiros. O Homem vira o rosto e acompanha a moça se distanciar, e percebe que ela se parece com uma menina sérvia — ou croata, ou bálcânica — que ele viu há muito tempo numa foto num livro de Sebastião Salgado. Por um momento o Homem se arrepende por não trazer consigo sua velha câmera fotográfica Canon, como fazia antigamente, ele que gostava de fotografar prostitutas, bêbados, travestis, turistas e mendigos nas madrugadas de Copacabana e chegou a fazer uma exposição dessas fotos num centro cultural do bairro no comecinho dos anos 1990. A cigana no congestionamento daria uma boa foto, conclui o Homem, nostálgico.

17.

Eu e Helinho somos biólogos e trabalhamos numa fundação científica voltada à pesquisa biológica e mantida por um consórcio de empresas privadas e laboratórios multinacionais. O grande mecenas e provedor principal de nossos "recursos" é um milionário americano de quem sabemos pouco além do nome, Jefferson B. Cozan. Não me pergunte a que se refere o B, às vezes penso que Mister Cozan colocou esse B entre o Jefferson e o Cozan só para criar uma pausa, ou um efeito poético, b de *bee*, por exemplo, mas deve ser viagem minha. Mister Cozan, Jeff para os chegados, vive em Seattle, como dois entre três milionários americanos, tem negócios no Vale do Silício e é fascinado pela Amazônia, onde, dizem, possui muitas terras. Ele é o típico milionário contemporâneo, mais um desses inspirados na figura emblemática de Steve Jobs: jovem, empreendedor, socialmente consciente, sempre meio jogadão, jeans furado, iPad debaixo do braço, já começando a ficar grisalho em seu longo cabelo e na impecável barbinha de três dias. Um milionário pós-hippie neoecológico e excêntrico cuja obsessão principal é o combate às doenças tropicais. O que se comenta na fundação é que Cozan é um hipocondríaco nível máximo, da estirpe de um Howard Hughes ou de um Michael Jackson, e que espera a erradicação das doenças tropicais para realizar seu sonho de milionário *weirdo*: viver no meio da selva, peladão, sabe-se lá fazendo o quê, talvez pulando de galho em galho com cipós, como Tarzã, enquanto ouve antigas bandas grunge no iPod. Outra de suas peculiaridades é empregar basicamente mulheres, só contratando homens quando são especialistas sem concorrência entre as mulheres (caso do Helinho). Eu já trabalho ali há cinco anos, mas o Helinho veio de São Paulo e começou a trabalhar na fundação há mais ou menos uns dois, se tanto. Só para ficar no terreno das coincidências significativas, Osvaldo Cruz também era paulista e veio ao Rio realizar sua "obra". Confesso que o Helinho me pareceu um tanto desconjuntado no começo, paulista demais, um pouco gay até (deve ser o bigode). Mas sempre achei um charme o jeito paulista do Helinho falar. Só tem uma coisa que eu não engulo, eu e as meninas do departamento: Paulista fala maiô em vez de sunga, o que é insuportável. *Chica, vamos dar um mergulho? Tô de maiô por baixo da roupa*. Mas isso foi no começo, agora o Helinho não fala mais maiô. Já é quase um carioca, meu. O Helinho é mesmo uma gracinha, uma coisa. Carinhoso, atencioso, gentil, delicado, sempre me olhando com um olhar farol alto, sabe? Iluminando meu caminho, com versos de Roberto Carlos soando no meu cérebro, motel, rosas vermelhas, calcinha molhada, língua na orelha, eu te amo eu te amo eu te amo. Continuo apaixonada pelo Helinho mesmo depois de ele ter me dado um CD do Wando no Dia dos Namorados. Isso não quer dizer, evidentemente, que eu queira terminar meu casamento com o Zé Roberto para ficar com o Helinho. Claro que não.

18.

Ó, os malucos tão ligados.

Quem?

Os turistas, Frank. O casal. Tão de olho na gente. O branquelo é mais na dele. Mas a mulata tá ligadaça.

Tá te dando mole, prego!

Uma gostosa dessa dar moral prum frango que nem eu? Se liga. Tão de olho na parada.

Nada. Paranoia. Os caras estão no game da vida, fase turismo, curtindo as pedras, olhando o mar. Essas gringas se amarram num garotão. Have fun!

Paranoia o cacete. Tão ligados na gente, sim, mas numa outra vibe. Tô vendo.

Testemunham dois sujeitos dando uns tapas, e aí? Se forem holandeses, e eu aposto pela pinta que são turistas holandeses, vão achar a coisa mais natural do mundo. Holanda, aliás, não existe. É uma abstração, ou uma simplificação de Nederlanden, que quer dizer Países Baixos. Republiek der Zeven Verenigde Nederlanden. Nevermind. Neverminden. Nevermind them. Neverland. Neverlanden. Neverland then. Let it be. Never be. Never been laden. Nevermore. Nevermoore. Nevernú. Múúú!!

Bom, o bagulho.

Ô. Vai levar quanto?

19.

Conheci o Zé Roberto em 1992, no Fórum Global da Eco-92, num intervalo entre a vigília inter-religiosa pela Terra, em que estava presente ninguém menos que o Dalai Lama, e a palestra, na Tenda das Mulheres, de uma feminista de quem não me lembro o nome. Reputo à fome meu encontro com Zé Roberto. Eu estava em jejum desde que acordara, às seis e meia. Por volta do meio-dia um mal-estar tenebroso começou a retorcer meu estômago vazio, e as palavras da feminista que dissertava em inglês sobre "a importância do olhar feminino para a sobrevivência dos sistemas" deixaram de fazer qualquer sentido (se é que fariam algum se eu estivesse de barriga cheia). Saí correndo da Tenda das Mulheres, que estava repleta de homens, zonza, e não deu tempo nem de chegar a um desses horrendos banheiros químicos: me apoiei num estande lotado de artigos indígenas e vomitei.

Foi um vômito emblemático, a expressar a revolta implacável da natureza contra a desastrosa aventura humana, e cocares, arcos, flechas, vasos de cerâmica marajoara e também alguns espécimes subnutridos de índios de butique foram atingidos de repente por minha bile esverdeada, já que não havia nada sólido para ejetar. Foi nesse momento que alguém se aproximou e tocou meu braço: "Tudo bem com você?".

Achei que delirava e que um cacique mítico se materializara na minha frente, o chefe Seattle, ou talvez o Raoni (pra que não me acusem de falta de nacionalismo). Mas não era nenhum deles, e sim um cacique em versão pós-tudo, bem no clima do Fórum Global da Eco-92: o sujeito, com uma barbinha incipiente de universitário alternativo, usava um cocar de índio, uma camiseta dos Dead Kennedys e tinha uma câmera fotográfica Canon pendurada no pescoço.

"Tudo", respondi, cuspindo uma baba verde.

"Oi, meu nome é Zé Roberto. Eu faço ciências sociais", disse o cacique me estendendo a mão. E então eu desmaiei.

20.

O poema de Rimbaud que segundo W19 em seu Facebook fornecia, junto com outros poemas e letras de músicas, "pistas de sua personalidade" e cujo trecho atingiu o coração do Homem como uma estaca de madeira é *Guerre*:

Sonho uma Guerra, de direito ou de força, de lógica bastante imprevista. Tão simples quanto uma frase musical.

Se não era o amado poema que na juventude deu o insight para o Homem abandonar o curso de ciências sociais pelo de direito! E enterrar de vez a câmera Canon sob as areias da praia de Copacabana! Sim, o Homem — na época ainda quase um rapaz — enterrou a Canon e um cocar de índio que costumava usar em ocasiões especiais, as ocasiões em que assumia a personalidade de um cacique punk fotógrafo terceiro-mundista, sob a areia da mítica praia numa manhã em que, depois de enterrar os objetos como num ritual, se virou para o sol e gritou kararaôôôôô, decidido a se tornar um autêntico advogado caretão pai de família. Naquela mesma manhã, mais cedo, o Homem havia ganhado do pai — um conhecido advogado tributarista — um revólver Taurus trinta e oito, arma que o pai adquirira ainda jovem e que, naquele momento, passava ao filho como um bastão viril simbólico de maturidade e responsabilidade. Ao receber a arma, que guarda até hoje, o Homem sentiu que o pai lhe destinava uma mensagem: a de que ele precisava dar uma guinada em sua rota e assumir as responsabilidades da vida adulta. Como se possuir um revólver inviabilizasse a possibilidade de usar uma câmera fotográfica e um cocar de índio.

O Homem, apesar de um pouco envergonhado de sua performance vinte anos atrás — bastante ridícula —, não deixa de se divertir ao lembrar que alguns banhistas acharam que ele gritava caralhôôôôô, quando, na verdade, gritava kararaôôôôô. Kararaô, caso você não saiba, diário, é um grito de guerra dos índios kaiapós. Estranho que o Homem interpretasse como uma vitória abandonar seus projetos para cumprir as expectativas do pai.

21.

Eu e Zé Roberto sempre contamos a história com entusiasmo. Eu vomitando em plena Eco-92, ele aparecendo de cocar na minha frente e eu desmaiando por fim. Desmaiei porque estava fraca ou porque vi meu príncipe encantado chegando, ainda que com um ridículo cocar de índio na cabeça? A se considerar correta a segunda hipótese, abre-se uma nova questão: desmaiei porque encontrei meu príncipe encantado ou pela decepção de ver que ele usava um cocar horroroso? São as questões que apelidamos de Paradoxos do Encontro Inesperado. Parece cena de filme e, não há como negar, um acontecimento bastante auspicioso para o relacionamento amoroso que ali se iniciou. Pena que nossos amigos, filhos, parentes e até o cachorro já tenham ouvido essa ladainha umas mil vezes e acabem fazendo uma carinha entediada e compreensiva de "o.k., você já me contou isso, mas vou fingir que estou ouvindo pela primeira vez", como se eu e o Zé Roberto estivéssemos dando nossos primeiros e preocupantes sinais de senilidade quando, depois de umas biritas, começamos a contar a história desse dia como se fosse a primeira vez. Jonas, nosso labrador, costuma fechar os olhos e deitar a cabeça no tapete à simples menção de Eco-92. O engraçado é que, quando acordei na tenda que servia de enfermaria naquela tarde longínqua de 1992, o Zé Roberto estava ao meu lado ainda com o cocar mas com uma cara péssima. É que meu vômito tinha manchado sua camiseta dos Dead Kennedys bem no lugar em que o Jello Biafra acabara de estampar seu autógrafo. Jello Biafra em carne e osso, feio pra dedéu, também tinha dado pinta no Aterro durante o Fórum Global da Eco-92. Aliás, o Zé Roberto foi lá só pra isso, pra conseguir um autógrafo do Jello Biafra. O Zé não tinha, e não tem até hoje, a menor preocupação com causas ambientais. Mas ainda guarda em alguma gaveta a camiseta com o autógrafo esmaecido.

22.

Naquela manhã na praia de Copacabana em 1992, o que mais preocupava o Homem, que apesar de jovem já tinha uma filha de quase dois anos, fruto de uma relação com uma famosa e mentalmente desajustada modelo internacional, era que à noite ele iria propor casamento à Chica. Propor casamento, na prática, significa passar pelo embaraçoso processo de pedir ao pai da noiva permissão para levá-la embora de casa para sempre. Natural que jovens pretendentes fiquem nervosos quando vão se defrontar com o futuro sogro, mas havia uma singularidade ali: o pai da Chica, o lendário Chicão das contendas de vôlei do Posto 5, acredite, era — e até hoje é — um travesti.

23.

Rodrigo é o nome do meu filho. Diguinho, Digo, Digão. Édigo, na espirituosa observação (e certeiro trocadilho) do Zé Roberto. Bom, o Rodrigo é meu Édipo mesmo, fazer o quê? Um Édipo que, acabo de descobrir, já fuma seus baseadinhos aos quinze anos. Mais ou menos a idade que eu tinha quando fumei os meus primeiros. O Zé Roberto com certeza começou mais cedo, há relatos de que com dez anos incompletos meu marido já se drogava ao som do AC/DC e do Black Sabbath. No começo do namoro ainda fumávamos uns bequezinhos aqui e ali, mas com o passar do tempo a prática caiu em desuso. Depois que o Zé abandonou a fotografia e o curso de ciências sociais para fazer direito, seguindo a carreira do pai, um dos maiores tributaristas do Rio, estupefacientes foram banidos da nossa vida. Apesar disso, as drogas nunca foram tabu lá em casa. Mas o Rodrigo anda fumando escondido, eu sei. Senti o cheiro outro dia ao dar um beijo nele quando chegou da aula de inglês. Fiquei na minha, não disse nada, e comentei depois com o Zé Roberto. No dia seguinte, no jantar, começamos a falar de drogas, envaidecidos da nossa postura... como dizer, liberal? Apesar de termos aberto a discussão, Rodrigo não se manifestou. Lançou um de seus olhares entediados, como quem diz: "Já acabaram? Posso ir pro meu quarto agora?".

Já a Claudinha, filha do Zé Roberto com a outrora gloriosa supermodelo Betí Schnaider, mas que é como se fosse minha filha, não é chegada e duvido que tenha sequer experimentado um baseado ou uma balinha. Claudinha, aliás, é o fio terra de todo mundo lá em casa. É a única pessoa da família que fala baixo (e pouco), mastiga bem, não interrompe a conversa dos outros, ouve a resposta até o fim quando pergunta alguma coisa a alguém e que não perde o costume, adquirido quando tinha quatro anos, de apagar as luzes de casa antes de deitar, depois de ter fechado as cortinas e esticado os tapetes que porventura estivessem com as pontas dobradas e ajeitado aqueles fora do lugar. Por outro lado, Claudinha se permite arroubos de imprevisibilidade e adora contar piadas de humor negro e mau gosto, como aquelas que sacaneiam pretos, veados e judeus. Nesses momentos fico sem graça mas admito que a Claudinha é uma excelente contadora de piadas e às vezes acabo rindo pra valer de escabrosidades e sacanagens de péssimo gosto, principalmente das piadas de preto, que me constrangem. Além disso, Claudinha é fã de filmes *trash* de terror que vão de Zé do Caixão àquelas séries hilárias tipo Sexta-Feira 13. Outra paixão sua é o samba. Pagode em primeiro lugar, mas também outras ramificações, como o samba-canção e o samba-exaltação. Claudinha adora rodas de samba, participa de churrascos de sambistas em fins de semana e conhece toda a obra do Agepê. Essa é uma fonte constante de atritos com o pai e o irmão, dois roqueiros clássicos, desses que encontram valor até numa banda como o Kiss. Faz pouco tempo a Claudinha começou a namorar um sambista, um "pagodeiro", como é chamado lá em casa pelo Rodrigo e pelo Zé Roberto: o Wagner. Rapaz simpático, gente boa, garoto do subúrbio, mulato, bonito e muito educado. É músico e ganha a vida tocando samba para turistas gringos à beira de piscinas de hotéis de luxo, como o Sheraton ali em São Conrado. Mas nos entornos de uma família de classe média moradora do "alto" Botafogo, isso pode gerar comoção, certo? Todos aqueles olhos arregalados dos vizinhos ("Corre, amor, vem ver... a mocinha do 403 está namorando um crioulinho da favela...").

Naturalmente essa longa divagação sobre filhos se justifica quando se entende que a usei como atalho para chegar aonde queria: falar da minha mãe (desculpe o tom freudiano, estou sendo muito previsível?). O nome dela é Francisco, o que pode parecer estranho, já que Francisco é o nome do meu pai, ou Chicão, como mamãe é conhecida nas areias de Copacabana. De onde se conclui que pai e mãe são a mesma e única pessoa, meu pai *é* minha mãe. Minha mãe biológica fugiu pra nunca mais voltar quando eu era muito pequena e o motivo meu pai até hoje não conseguiu me explicar. Muito provavelmente o motivo foi ele mesmo. Chicão era um ser praiano e desleixado cujo único foco, além do vôlei de praia, eram as mulheres que cruzassem seu caminho na areia (às vezes seu foco chegava até o calçadão). Qualquer mulher: babás, corretoras imobiliárias (o terror das corretoras, com seu cavanhaque de cantor de tango, ele próprio um corretor imobiliário bem-sucedido, hoje aposentado), viúvas aparentemente inteiras, caixas de supermercado, turistas momentaneamente extasiadas com a visão da baía de Guanabara, vendedoras de coco e até, por que não?, uma prostituta gente boa dando bobeira na praia. Não sei que tipo de exaustão, ou talvez de fascínio, as mulheres lhe causaram, mas o fato é que quando eu tinha uns doze anos meu pai foi se desinteressando progressivamente das mulheres, ou melhor, se interessando por elas de uma forma inusitada: raspou o cavanhaque e começou a se travestir. Naquele tempo não se falava ainda de *crossdressing*, homem que se vestia de mulher fora do Carnaval era traveco mesmo. Foi assim que aconteceu, de uma hora para a outra, sem mais nem menos. Não houve nenhuma explicação plausível, nenhum período de depressão, nenhum amigo bonitão frequentando nossa casa. De repente meu pai começou a se vestir de mulher, ir ao cabeleireiro e fazer coisas que as mulheres fazem. Claro que fiquei preocupada e constrangida (e compreensivelmente abalada), assim como amigos e parentes, mas Chicão conseguiu convencer a todos, médicos e psicanalistas inclusive, de que aquilo nada mais era do que o fluxo natural da existência (da existência *dele*, bem entendido). A perua bronzeada que se vê na foto três por quatro da carteira de identidade do Chicão é o que se chamaria por aí de uma coroa enxuta. Com todo o respeito da galera do vôlei de praia, com quem continua jogando religiosamente todos os sábados e domingos numa rede no Posto 5. Que eu saiba, eu e os cafajestes dos amigos dele, papai nunca teve um namorado, o que torna tudo ainda mais estranho. Quer dizer, estranho para nós, que não vivemos em Copacabana.

24.

Foi um jantar inesquecível. É claro que o Homem levara um susto ao saber, no início do namoro, que o pai da namorada se vestia de mulher. Talvez tenha se chocado ainda mais ao constatar a naturalidade com que Chica lidava com a situação, ele, o primogênito de uma família tradicional cujo aspecto mais surpreendente era justamente abrigar um membro — ele mesmo — que se vestia de índio e passava as noites fotografando mendigos e travestis na praia de Copacabana. Mas o convívio com Chicão acabou convencendo o Homem de que aquilo era, para não dizer normal — pois um sogro travesti não é algo normal nem aqui nem na casa do caralho —, natural. Seria preciso conhecer pessoalmente Chicão para entender as conclusões do Homem, que naquele jantar não era ainda um homem, mas um frangote com aspirações sinceras à maturidade. De qualquer forma, o que sobrou daquela noite foi a lembrança concreta — quase palpável, observaria um advogado com pretensões poéticas — da presença de Chicão. Ao final do jantar, um antológico *moussaka* preparado pelo próprio futuro sogro que o Homem não teve tranquilidade suficiente para degustar, Chica saiu de fininho para a cozinha carregando travessas e os dois homens ficaram a sós. Era a deixa para que o frangote começasse a balbuciar suas nobres intenções para com a filha do crossdresser. O Homem não se recorda exatamente do que disse, ou de como verbalizou o pedido de casamento, mas a presença firme de Chicão em nada lembrava a fragilidade ou a inconsistência moral, digamos, de um transexual. O Homem tremeu na base e suou para arrancar do excêntrico travesti, que naquele momento mais parecia um inflexível treinador de rúgbi, o consentimento para se casar com sua adorada — e bastante mimada — filha única, *abandonada pela mãe*, como observou Chicão, observação que arrancou do Homem a frase que depois se tornou recorrente nas reuniões com amigos, causadora de muitas gargalhadas etílicas: "E quem precisa de uma mãe tendo o senhor como pai?".

25.

Sei que poesia não é o principal talento do Frank. Esse papo de *Nederlanden, Nevermind, Neverminden, Nevermind them, Neverland, Neverlanden, Neverland then, Let it be, Never be, Never been laden, Nevermore, Nevermoore, Nevernú, Múúú*!! até reforça aquela ideia caquete — que vem a ser uma abreviação de *caquética* — de que surfista é tudo débil mental. Mas é que o Frank deu pra ler poesia recentemente e ainda não pegou a manha. É preciso um tempo para assimilar todos aqueles compêndios de e. e. cummings, Paulo Leminsky, T.S. Eliot e o Caolho português. Mas o Frank chega lá. O homem surfa o cão, overseas e o cacete, dropador de ondas do tamanho do K2, manja filosofia com a profundidade de um campeão de apneia, se amarra em Espinoza e construiu uma casa no Recreio inspirada em desenhos de M.C. Escher. É comum na casa do Frank você subir uma escada e quando chega lá em cima perceber que desceu dois andares. Sem zoação. A arquitetura da casa do Frank desmente qualquer geometria descritiva. Uma vez subi até o mirante, que tem uma vista linda para a praia, e demorei dez minutos para perceber que eu estava no porão e que aquilo que olhava não era o mar, mas o aquário gigante em que o Frank e a mulher criam peixes cegos e outras formas de vida dos mares mais profundos. Bom, era de noite, né?

26.

O gorducho saiu do carro! Sério. Está me olhando por trás dos óculos, agora sem o sorriso monalisa jason mas ainda com uma expressão neutra de psicopata gente boa. Vem vindo na minha direção, andando entre os carros parados. Desligo o rádio, fico quieta e desvio o olhar para a frente. Ele bate no vidro da janela.

"Oi?", digo, aparentando surpresa (simulando uma distração distante, quase *blasée*), sem abrir o vidro, com a cara mais normal do mundo.

"Oi!", repito impaciente. Sabe aquela durona mijando nas calças?

"Posso falar com você?", gesticula ele, fazendo sinal para que eu baixe o vidro da janela.

"Tava distraída..."

Ando mesmo distraída de uns tempos pra cá, não é mentira. Desde que o Helinho foi para o Amazonas, faz umas duas semanas, chamado pessoalmente pelo nosso mecenas riporongo, Jeff Cozan (Mister Bee para os despeitados como eu, que não fui chamada), ando meio esquisitona. Não que esteja com saudades do Helinho (eu estou) ou que sinta ciúmes por ele ter sido chamado por Mister Cozan (eu sinto), digo ciúme profissional, embora me encontre também um bocadinho desconfiada da urgência desse chamado de Mister Bee, o venerável Jefferson B. Cozan, como assina seus e-mails, com uma letra meio gótica. O B é especialmente rococó, com pequenas curvinhas fofas naquelas duas nadegazinhas assimétricas que formam o B.

Seria B de *bicha*? Na boa, não tenho preconceito contra gays, já troquei mais que bitoquinhas com amigas da faculdade nas festinhas em que chovia ecstasy aos cântaros e eu e o Zé Roberto costumávamos arriscar algumas brincadeirinhas inconsequentes com uma vizinha que vivia aparecendo em casa ansiosa por xícaras de açúcar mascavo (já se mudou há anos, ainda bem). Tenho amigos gays sensacionais, casais inclusive, desses que adotam filhos e netos etc. etc. O que me deixa meio encasquetada é que sempre desconfiei desse negócio de Mister Cozan privilegiar mulheres no trabalho. Num trabalho científico? Se ele subvencionasse uma agência de modelos, eu até entenderia. Mas um instituto de pesquisa biológica? Inicialmente você poderia supor que se ele privilegia mulheres é porque se interessa por elas, certo? Eu também pensava assim no começo. Mas com o passar do tempo fui notando que o fato de Mister Cozan escolher com tanto critério os pouquíssimos homens que integram a fundação denota, no mínimo, uma atenção especial. Sabe aquela história do veado que anda com mulher bonita pra atrair homem? E tem outra coisa, apesar de o Helinho ser meu amante e de eu estar de quatro por ele: todos os cientistas da fundação usam bigode. Hum.

27.

Frank deve ter uns quarenta anos mas é sarado e não aparenta mais de trinta. Ele se alimenta basicamente de legumes, frutas e cereais, quase tudo cru, e sua mulher, a Josephine, uma gatinha sardenta que ele conheceu no Havaí, é especialista em sushis, sashimis e pauduris. O sushi de peixe cego que ela prepara é uma experiência surreal, digna de um eco em três tempos. Mas só em ocasiões especiais, especialíssimas, a Jo prepara o sushi de peixe cego. Em primeiro lugar porque como peixes cegos de águas profundas não são pescados a toda hora, o Frank e a Jo têm de sacrificar um dos peixes cegos do aquário do porão, o que deixa os dois num estado ambíguo, como se estivessem oferecendo o coração de um filho ao sacrifício do deus Alguma Coisa. Isso sem contar que, na preparação dos sushis e sashimis, a Jo, por algum desconhecido motivo ritualístico, só veste uma canga e nada mais. Fica com aqueles peitinhos nus de bicos arrepiados debruçados sobre o lombo do peixe cru enquanto manuseia a faca, e eu, eu entro no meu estágio pauduris e de lá só saio depois de bater uma punheta no banheiro comunitário do Frank e da Jo, que todo mundo usa como se fosse seu. Nessas ocasiões costumo esporrar na parte de baixo do biquíni dela, que está sempre úmida e pendurada na torneira do chuveiro. Esporro naquela parte branquinha, o doce ninho da xerequita. Depois dou uma lavada no biquíni, porque não quero acabar engravidando a Jo de bobeira qualquer hora dessas. Esse ano só tivemos a felicidade de comer o sushi de peixe cego duas vezes. A primeira no dia 16 de junho, o Bloomsday, quando se comemora o *Ulysses* de James Joyce, a mais recente paixão do Frank, que vive cumprimentando as pessoas com as palavras iniciais do sinistraço romance, *sobranceiro* e *fornido*. A outra, quando chegou ao fim a colheita do fumo que o Frank cultiva em seu quintal. Porque de todos os talentos do Frank este é o principal: a capacidade de cultivar maconha da melhor qualidade em casa. A *cannabis* cultivada no quintal do Frank é famosa entre muitas galaxigaleras (é como o Frank define, em estilo irmãos Campos, galeras de diferentes galáxias) e digna de uma repetição infinita de ondas sonoras: quintal...tal...tal...tal...tal...tal...tal...tal...tal...tal...tal...tal...tal...

A técnica, revelada ao Frank por um mestre zen na década de 1980, quando os dois curtiam um retiro espiritual numa penitenciária no Mato Grosso, é um dos segredos-fetiche de nossa era, como a terceira revelação de Fátima ou a fórmula da Coca-Cola.

E aí, brou? Perdeu a fala? Vai querer levar quanto?

Frankão, tô ligado, o casal não tira o olho...

Que paranoia, Rodrigão, o congestionamento te estressou? Tá tudo em casa, vamos agilizar a parada que eu tenho de me adiantar, filhote.

28.

As lembranças se embaralham na memória do Homem: o casamento de dezoito anos com Chica, o nascimento de Rodrigo, filho deles, e o fato de Chica ter praticamente assumido a Claudinha como filha. A mãe biológica da Claudinha era uma modelo internacional muito famosa e atarefada, e sem um segundo a perder com questões supérfluas como filhos. Se o querido tem uma boa memória, e não há motivo para crer que diários cibernéticos não tenham uma memória privilegiada de não sei quantos gigabytes, o nome da maneca é Betí Schnaider, uma cavalona catarinense descendente de alemães que eu, o Homem, comi com muito gosto quando eu tinha dezenove anos. E por que ela engravidou, se não queria ter filhos? É a pergunta que me faço sempre. Sei lá. Provavelmente porque ejaculei dentro dela e estávamos doidos o suficiente para não lembrar de detalhes brochantes como preservativos, ciclo menstrual e ovulação. O Homem e Betí se conheceram numa festa de gente de moda no Copacabana Palace, e ele estava lá de penetra, pois com dezenove anos acreditava que era um fotógrafo — não de moda, evidentemente —, e como tal vivia cercado de outros fotógrafos, e um deles, o Ramiro Bezerra, que trabalhava para a revista *Clau-*

dia, o levou para o rega-bofe. Depois de muito vinho branco e alguma cocaína, o Homem acabou com Betí numa suíte do hotel. O caso não durou mais de três semanas, mas passados nove meses a Claudinha nasceu. Ponto. Abre parágrafo.

Como se não bastasse, anos depois, quando Betí não era mais uma maneca famosa, e sim uma sombra desfocada de uma ex-maneca famosa que vivia em Búzios e ganhava a vida massageando turistas com óleos almiscarados e duvidosas técnicas de autoconhecimento tidas como de inspiração hinduísta, ela engravidou de um misterioso velejador telepata e nove meses depois, quando o velejador já devia estar do outro lado do mundo para nunca mais voltar, Betí deu à luz Anita, que apesar de não ser filha nem do Homem nem de Chica, vive praticamente na casa deles como uma espécie de filha adotiva casual.

29.

A questão não é o bigode. Einstein também tinha um. E o Osvaldo Cruz! Pouco importa o que Helinho e Mister Bee estejam fazendo numa reunião marcada às pressas no hotel Ariaú Amazon Towers, cujas palafitas fashion se espalham pela margem direita do rio Negro, a sessenta quilômetros de Manaus e próximas do arquipélago das Anavilhanas, em plena selva Amazônica, apesar de me soar estranho uma reunião de trabalho no Ariaú. Não seria mais adequado o Instituto Emílio Goeldi, em Belém, ou a sede da Fiocruz, em Manaus? Mas o que tem realmente me deixado distraída e bastante preocupada é que o Helinho, de uns tempos pra cá, começou a dar defeito. Logo ele, sempre tão gentil e compreensivo, de repente começou a cobrar mais atenção e exclusividade da minha parte. Inventou de dizer que sente falta de fazer as coisas que todo casal faz, ir ao cinema, comer pizza, assistir DVD em noite de chuva em que incensos de Bali espalham perfumes afrodisíacos na penumbra enquanto um massageia o outro com óleos trazidos da Indonésia. Homem é tudo igual no fundo. E o Helinho me disse, quando nos despedimos duas semanas atrás, um dia antes de embarcar para Manaus: "Quando eu voltar, vou aparecer de surpresa na tua casa e esclarecer tudo contigo e o Zé Roberto. Eu não sei viver assim, dividido e dividindo".

Dividido e dividindo? Pirou, o bofe? Se sentindo a própria Alice experimentando vertigens no Reino Encantado da Aritmética enquanto caminha trôpega pelo Jardim Mágico das Frações? *Dividido e dividindo?* E quem vive de outro jeito? Os monges do Nepal? Achei que o Helinho estava brincando, e logo depois de proferir essa frase constrangedora ele riu, como se estivesse mesmo brincando. Mas agora sinto que ele não estava brincando. Não adiantou falar em seguida aquele eu te amo eu te amo eu te amo em silêncio, só movendo os lábios, que costuma me amolecer. Desde então tenho vivido essa sensação meio desconcertante de imaginar que a qualquer momento o Helinho pode aparecer em casa no meio da novela e dizer: "Você é minha agora!". O que pode acontecer? E se o Zé Roberto não acreditar no meu sofisticado álibi de que esqueceram de trancar o portão do Pinel?

30.

Dezoito anos de felicidade e fidelidade garantidas ou sua libido de volta — sem cicatrizes. E então, inesperadamente, há mais ou menos seis meses, o Homem se depara com W19, que, ao contrário do que pode parecer, não se trata de uma marca de gel ou de óleo para lubrificar roldanas. Uma menina sem nome de dezenove anos, gata pra caralho, fã de Erik Satie e dos Dead Kennedys. Amante da poesia de Rimbaud, da música de Patti Smith e Lou Reed. Ouvinte de Liszt, Beethoven e Tchaikóvski. Fã daquele filme meio datadão do Ken Russel com o Roger Daltrey, do The Who, fazendo o papel do Liszt, *Lisztmania*. Coincidências demais. O Homem pressente algo errado, mas insiste em manter a comunicação. E-mails, telefonemas. O que pode explicar a imprevidente persistência do Homem nesse jogo ambíguo e perigoso? Não sei. O pau duro, talvez. As confidências. O Skype. O homem tenta marcar um encontro. O pau duro, com certeza, essa insana agulha da bússola masculina. W19 se mostra reticente. "*Mas você é casado... Preciso dessa confusão na minha vida?*" Ah, as doces questões da juventude... e o pau duro. "*Não, baby. Ninguém merece*", digita o Homem, citando uma das frases feitas prediletas de sua mulher, *ninguém merece*, que veio substituir a igualmente irritante *vamos combinar*. "*Podemos continuar trocando confidências e coincidências estéticas. E a bucetinha, como vai?*" O Homem e W19 desenvolvem uma relação sexual calcada em masturbação virtual — da parte dele — e contorcionismo acrobático — da parte dela —, e isso acaba por causar nele um sentimento de derrota moral. Mas o Homem tenta se eximir de culpa. Isso não é trair, é? Bater punheta pelo Skype? Uma variação tão inocente, equivalente a uma punhetinha solitária no banheiro, claro, com a diferença de que na tela do computador um ser quase humano se contorce em malabarismos excitantes, mas e daí? W19, uma boneca do futuro, uma replicante com cheiro virtual de xereca molhada, uma sexy-fênix brotada das cinzas de um velho DVD de *Blade Runner* jogado na lareira do sítio do papai em Itaipava, pensa o Homem, quase gozando, gostosinha, mostra a buceta, e o cuzinho rosadinho, o grelão, isso, caralho! esse negócio entre as tuas pernas é o teu cotovelo?, unhas amarelas... áááááá... gozei.

O Homem se distrai das anotações e observa mais uma vez a cigana oferecer seus talentos premonitórios para motoristas indiferentes que reagem como se ela fosse uma simples pedinte ou vendedora de biscoitos, tão comuns nos congestionamentos atuais, os congestionamentos burocráticos, com hora marcada. Mas a cigana é diferente, não se parece com os vendedores e pedintes que costumam surgir do nada em situações como aquela. Ela lembra uma atriz romena de teatro experimental ou uma ativista grega antiglobalização. Será que o motorista do táxi, num golpe preciso e surpreendente de intuição, tem razão? A cigana está aqui por culpa do aquecimento global?

E daí?

E daí, querido, que W19 num dado momento — um mês atrás? Quinze dias? — começa a dizer, primeiro em tom de brincadeira: "Um dia quero passar na tua casa pra gente conversar". E depois em franca ameaça: "E aí? Teu prazo tá acabando. Quando vamos levar aquele papo na tua casa, Zé?".

Não adiantou o Homem dizer, primeiro em tom de brincadeira: "Mas você não sabe o meu endereço", porque ela sabia, o Homem não faz ideia como. E não adiantou também ele perguntar, em franca ameaça: "Tá maluca?", porque ela não estava.

Então o Homem percebeu que atingira o ponto sem volta, aquele que não permite mais retorno.

31.

"Um minutinho?", insiste o gordinho de óculos, em pé no meio do trânsito estagnado. Olho em volta: homens, mulheres, crianças e animais domésticos aguardando dentro dos carros, como funcionários ansiosos confinados em pequenos cubículos de uma enorme repartição pública. Ou presos amontoados em celas minúsculas numa penitenciária carioca de segurança mínima. Ou vermes famintos imobilizados num gigantesco cemitério de automóveis. Um inferno de Dante com pegada pop: uma mãe dá uma bronca numa criança histérica sentada numa cadeirinha, enquanto a babá ao lado sorri, sádica. Um executivo digita num iPad ou num laptop, não consigo ter certeza olhando daqui. Um surfista de óculos escuros troca beijinhos com um bassê. De cachorro eu entendo; de carro e de computador, não. Sei que o motorista é surfista porque vejo uma prancha no capô. Agora, ficar reparando em mães, bebês, babás, executivos, iPads, laptops, bassês e pranchas de surfe, além de experimentar algumas alucinações relacionadas a automóveis moribundos, não é muita alienação numa situação como esta? Olho de novo para o gordinho que quer falar comigo. Muita gente em volta, qualquer coisa eu grito, certo?

Baixo o vidro (o bom de abrir o vidro para um gorducho de óculos para quem você não está dando nada é que, no meio do trânsito parado, um brilho no olhar dele pode fazer você ter a inesperada e surpreendente sensação, passageira, é claro, de que está flutuando a esmo no meio do oceano Pacífico). Não é que o gorducho tem um olho azul-turquesa lindo de morrer?

32.

Advogados sabem como se defender em crimes menores. O clássico "Não matei, não roubei" costuma funcionar com júris de diferentes estratos. Embora a especialidade do Homem seja direito tributário, existe nele a consciência de que de médico e de advogado criminalista todos têm um pouco. Entre as defesas possíveis diante do júri formado por sua mulher, a amada Chica, destaca-se a mais óbvia: "Eu nunca tive contato com essa menina!

É uma maluca!". Perante um provável manancial de provas que W19 poderia carregar num simples pen drive, existirá sempre a desculpa do descontrole sexual, da crise da meia-idade, do velho lobo que começa a pressentir o ocaso. Por um momento o Homem se abstrai das teclas virtuais do iPad e pensa: preciso estudar Bill Clinton. O que o intriga é a maneira como se deixou envolver e, confesso envergonhado, apaixonar-se por uma contorcionista replicante desalmada fã dos Dead Kennedys e de Erik Satie. Pior de tudo, rumina o Homem, culpado, é que Chica jamais desconfiaria disso. Desse seu envolvimento sexual — patético e romântico — via internet. Ela, sim, teria muito mais chances de se envolver com um homem pelo computador. Não só porque toda mulher é uma Madame Bovary em potencial, com delírios literário-românticos sempre a pipocar em suas adoráveis cacholas, mas também por Chica viver cercada de barangas e veados bigodudos na fundação científica em que trabalha. Fundação, observa o Homem, mantida por uma trilionária biba americana, Jefferson B. Cozan, a Super Queenie do Vale do Silício. Mas e se Chica o traísse, o que o Homem faria? Embora a imagem do Taurus trinta e oito guardado no armário lhe passe rapidamente pela cabeça, a verdade é que o Homem não consegue desconfiar da mulher, o que se comprova pela reverência e indisfarçável fidelidade que Chica lhe devota. Que mulher gozaria tantas vezes há tantos anos, e com tanta estridência, fodida por um homem pelo qual não estivesse literalmente de quatro?

Sou espada, queridão.

33.

Anita GoogleEarth é como a chamamos. O apelido foi dado pela meia-irmã Claudinha (o que me faz pensar numa tendência, um *boom*: nas famílias de hoje há mais meios-irmãos que irmãos) e pelo Rodrigo, por sua vez meio-irmão da Claudinha, o que o transforma automaticamente num "irmão da irmã" da Anita. Duas pessoas sem relação de parentesco mas com irmãos em comum são igualmente frequentes nas famílias modernas. Na escola do Rodrigo filhos de pais separados são maioria. Aquela prolixa pragmática tentando esclarecer a galera? Esquece. Anita GoogleEarth. O Rodrigo e a Claudinha a apelidaram assim por sua capacidade quase mediúnica de captar, entender e explicar a realidade como NÃO a conhecemos. Por que estou falando da Anita logo agora? Ela tem olhos azul-turquesa iguais aos do gorducho que acaba de me abordar no congestionamento (azul-turquesa era também a cor da calcinha que eu usava quando transei com o Helinho pela primeira vez). Tenho certeza de que a conexão azul-turquesa entre a minha calcinha sexy, os olhos de Anita GoogleEarth e os do gorducho inoportuno *deve* querer dizer alguma coisa.

A cor dos olhos de Anita é uma herança provável do pai, o velejador neozelandês de paradeiro desconhecido. Desconhecido para nós, pobres detentores de mentes adormecidas ainda não despertadas por algum satori zen-budista. Anita GoogleEarth garante que se comunica com ele há anos por telepatia. Na época em que começou a falar sobre isso, sobre seus contatos telepáticos com o pai, há uns cinco anos, quando tinha sete, achamos que podia ser mais do que simples maluquice de criança. Temíamos que fosse o indício de alguma perturbação mental. Com o tempo, e a garantia de vários psicanalistas e psiquiatras que consultamos a peso de trufas brancas, eu e o Zé Roberto, que não somos nem o pai nem a mãe dela, concluímos que Anita é uma menina normal e que seus delírios telepáticos são apenas uma forma lúdica (foi isso mesmo que os terapeutas disseram: "lúdica") de lidar com a ausência do pai.

Então volta e meia, num jantar, por exemplo, Anita GoogleEarth nos surpreende com informações tão precisas quanto inúteis: "Meu pai acaba de contornar o estreito de Bering. Fazia trinta graus negativos e ventava a mais de cinquenta nós no momento em que ele concluiu a jornada. A direção do vento variava de bombordo a estibordo e de proa a popa em questão de minutos! Vocês têm ideia do que é contornar o estreito de Bering com um vento de mais de cinquenta nós variando pra tudo quanto é lado? Têm? Sinistro".

Muito sinistro.

34.

Não é justo supor que o Homem, qual um servo de Onan — o advogado baixa sempre, não tem jeito —, encara esse jogo erótico e romântico como se sua única finalidade fosse a simples satisfação pelo gozo fugaz e solitário da masturbação. Não. Antes que W19 começasse a ameaçá-lo com a chantagem infantil de "aparecer na tua casa pra gente ter aquela conversa", o Homem tentou várias vezes convidá-la para um encontro real. A fim de aplacar a culpa, consolava-se com a ideia que, mais importante que a atração sexual despertada por W19, era a identificação mútua — "mágica", como definiu mais de uma vez a enigmática safadinha — o que os unia. Identificação coroada pela colossal coincidência da dupla devoção a Satie e aos Dead Kennedys, que W19 e o Homem atribuíam sempre a um milagre. A existência de W19, ainda que apenas sugerida por mensagens e imagens no computador, evocava no Homem uma lembrança da juventude perdida, uma ilusão de que o tempo pode, às vezes, dar meia-volta e correr na direção inversa. Na primeira tentativa de convidá-la para um encontro, quando por e-mail o Homem pediu que W19 fosse a um restaurante no centro, o Vilarino, numa quarta-feira geralmente devotada às sagradas peladas depois do trabalho, ele percebeu que seria difícil conseguir que seu relacionamento com W19 ultrapassasse o platonismo cibernético. Apesar de ela ter respondido ao seu pedido com um dissimulado *maybe*, o Homem esperou por W19 em vão, bebendo mais chopes do que gostaria antes de voltar para casa fingindo estar chegando da pelada "quase não suei, amorzinho. Estava meio indisposto hoje, acabei atuando como técnico".

Nada que se compare ao bolo interestadual, chamemos assim, o bolo definitivo, que não só custou ao Homem uma viagem inútil até São Paulo como também, além da desilusão, o despertar da desconfiança de Anita, a Terrível.

35.

Por causa da telepatia lúdica de Anita GoogleEarth, soubemos que Patrick GoogleEarth (o apelido é extensivo ao pai e a toda a árvore genealógica paterna) atravessou o estreito de Bering, o cabo da Boa Esperança e o das Tormentas, o canal de Suez e o do Panamá, já circundou centenas de ilhas polinésias e arquipélagos pacíficos e atlânticos, navegou o Amazonas e o rio Negro com direito a uma surfadinha na pororoca, desembarcou e tomou sol nas praias da Normandia, onde queimou um incenso em homenagem às tropas aliadas e aos soldados que morreram em combate aos nazistas no Dia D, participou de um luau com cubanos rastafáris na baía dos Porcos, palco da tentativa frustrada dos americanos de invadir Cuba nos anos 1960, além de cruzar o Atlântico e o Pacífico de cá pra lá e de lá pra cá como quem, sei lá, arremessa um *frisbee*. Com tanta milhagem acumulada, é de espantar que Patrick GoogleEarth tenha encontrado tempo para fecundar Betí Schnaider em sua breve passagem por Búzios no verão de 1999.

Assim são os GoogleEarth: telepatas, aventureiros, idiossincráticos, desprendidos, curiosos e... intrometidos. Pois os poderes telepáticos de Anita GoogleEarth não se restringem às andanças ou navegações do pai. Comigo ela exerce uma variação um pouco menos lúdica e bem mais sádica, ou cínica, de seus poderes extrassensoriais. Se tem alguém na família que desconfia de que estou tendo um caso, é Anita GoogleEarth.

36.

Não pense, se é que diários perdem tempo com isto, que o envolvimento do Homem com W19 é motivado apenas pela libido desgovernada de um quarentão acomodado ao casamento, ao trabalho e à poltrona. A combustão proveio — certos advogados não resistem ao verbo *provir* — da luminosidade das palavras e dos atos de W19. Não apenas a formosura e a juventude, assim como a charmosa e inconsequente ousadia, mas principalmente as preferências e referências estéticas, o gosto musical e a profunda identificação que a manhosa gatinha inspirou nele. Não há como colocar de outra maneira: ele se apaixonou sem se dar conta. Como um adolescente tolo. Natural que tenha se excitado, como se renascesse aos quarenta e dois anos por obra de um milagre operado no âmago de um computador. E que tenha, evidentemente, tentado retirar W19 de seu habitat cibernético a fim de trazê-la à luz para uma conversa normal entre dois seres humanos. Frustrada a tentativa do encontro no restaurante Vilarino — *Não deu mesmo, pintou um comprô de última hora... cê ficou me esperando? Tadinho... desculpa, viu? Bjs,* W19, respondeu a pentelhinha, encerrando a mensagem com o instigante *Bjs* que tanto alvoroça o Homem —, tentou-se, a pedido dela, ressalte-se, um novo encontro pouco tempo depois. Agora mais arrojado: *Vou pra São Paulo na semana que vem... alguma possibilidade? Bjs, W19*, sugeriu a lacônica mensagem.

37.

A qualidade da ganja cultivada pelo Frank fez sua fama e fortuna. E acabou forçando seu engajamento no movimento dos "growners", a galera que defende a legalização da maconha cultivada em casa para consumo próprio. O Frank já tinha essa tendência para o ativismo político, um lance meio Che Guevara, heroico apesar de fora de moda. Coisa de ex-presidiário e filho de jornalista perseguido pela ditadura. Frank, o Mao Tsé-tung do bagulho louco. Discos do Bob Marley estão sempre tocando em sua casa, *get up, stand up, get up for your rights, get up, stand up, don't give up the figth!*, e em qualquer luau na praia não vai faltar um maluco tocando "Redemption Song", do Marley, ou "Killing in the Name", do Rage Against the Machine. Batata. E em algum momento, todo mundo ouvindo Deus em diferentes séries e níveis de ondas sonoras, o Frank vai se levantar, pedir silêncio, e fazer um discursinho desconexo sobre a causa...ausa...ausa. Não importa que ninguém consiga cultivar em sua casa uma maconha minimamente comparável à do Frank, nem que o puto esteja vendendo sua excelsa e diferenciada erva e enchendo a rabeta de grana como qualquer trafica de favela; o importante, diz, amparado por Maquiavel, é que estamos ganhando espaço, abrindo portas. Portas? Só se forem as da percepção.

38.

Notei a desconfiança de Anita GoogleEarth quando voltei para casa depois da minha primeira transa com o Helinho. É claro que numa hora dessas, depois de trair o marido pela primeira vez em dezoito anos, você se sente culpada e acha que até o cachorro do vizinho está sacando que você acabou de dar pra outro cara. O cachorro do vizinho (e o seu próprio cachorro, evidente), o porteiro do prédio e aquele periquito que vive numa gaiola pendurada num flamboyant em frente à porta da garagem. Mas com a Anita foi diferente. Ela deu pistas de que realmente *percebeu* alguma coisa estranha no meu comportamento. Mais que isso, no meu comportamento biológico. Logo que entrei em casa naquele fim de tarde, tive a aliviadora impressão de que não havia ninguém no apartamento. Eu e o Helinho tínhamos saído mais cedo do trabalho e parado num motel muquifo na avenida Brasil para uma rápida, inevitável, inesquecível, tensa, divertida, desajeitada, transcendental, culpada, tesuda e romântica, você pode imaginar, trepada, a tempo de voltar para nossas respectivas casas no horário de sempre. O Zé Roberto não estava, tinha viajado a trabalho para algum lugar, São Paulo ou Brasília, não lembro ao certo (viagem determinante para que a consumação do adultério se desse naquela tarde específica), e a Claudinha e o Rodrigo, como eu já esperava, ainda não tinham voltado para casa. Claudinha estava fazendo um curso de informática e o Rodrigo tem aula de inglês às segundas e quartas no final da tarde. Nanoca, nossa empregada evangélica, também já tinha ido embora como de costume, às cinco e meia, depois de proferir ao Altíssimo uma oração em volume mais alto ainda. A me esperar, apenas o familiar balançar de rabo do Jonas. Tudo certo, pensei, como uma assassina em série que vê um plano macabro se confirmar. Então escuto a vozinha: "Oi!".

39.

A ida a São Paulo foi um desastre. Seguindo as indicações imprecisas — um advogado mais atento talvez preferisse *nebulosas* — de W19, o Homem simulou uma reunião inesperada naquela capital, o que proporcionou, além de um dia perdido de trabalho, a desconfiança de Dreyfuss, o patrão com complexo de bedel. Ele pegou um voo de manhã bem cedo, ocupou um quarto no hotel da avenida Berrini em que costumava ficar sempre que ia a São Paulo — a trabalho, evidentemente, pois até aquele momento não vira outro motivo que não fosse trabalho para ir a São Paulo —, deitou de sapato, ligou a tevê num canal de notícias e aguardou um contato da jovem víbora pelo celular. As horas de espera foram consumidas por tédio intermitente, meia lata de castanhas de caju do frigobar, sentimento de culpa, duas latinhas de guaraná zero caloria, questionamentos de toda ordem, vergonha de si mesmo, uma soneca rápida, uma ereção inoportuna, remorso, alarme falso de vontade de ir ao banheiro, ansiedade e, depois do que lhe pareceu uma eternidade e meia naquela situação, sem nenhum contato de W19, desânimo. No começo da tarde o telefonema de W19 deixou as coisas ainda mais estranhas:

"Fofinho, cê taí?"

Por mais que fosse difícil para o Homem aceitar ser chamado de Fofinho, respondeu avidamente: "Sim, no hotel, como combinamos. Tá chegando?".

"Tô. Quer dizer, tava. É que..."

W19 começou a chorar.

"Dábliu Dezenove!", disse o Homem, em seguida sentindo-se ridículo por pronunciar com tanto sentimento a sigla mais apropriada a um robô de *Star Wars* do que a uma garota com quem se deseja fazer amor. Ele emendou: "O que foi? Tá chorando? O que aconteceu?".

Soluços de W19 foram ouvidos pelo Homem como resposta às suas indagações profundas de namoradão coroa virtual.

"Fofinho", disse ela por fim, "adoro o jeito como você se preocupa comigo..."

"Então vem logo pra cá."

"Não vai rolar, desculpa. É que quando cheguei aqui, fui assistir a uma prova de triatlo indoor e encontrei um ex-namorado, o Pedrinho Stein. E agora ele não quer largar do meu pé de jeito nenhum..."

A primeira reação do Homem depois de perceber que caíra numa arapuca das mais pueris foi simplesmente pronunciar o nome terrível: "Pedrinho Stein?".

O que mais o incomodou naquele instante, mais do que a ultrajante informação de que W19 se interessava por coisas como provas de triatlo indoor — ela, uma amante de Satie —, foi ouvir aquele nome, que desconhecia, num diminutivo que só fazia evidenciar o tamanho de sua inconsequência por se deixar levar por um arroubo juvenil anacrônico.

"Você gosta de triatlo?", foi tudo que o Homem conseguiu balbuciar naquele momento.

40.

Quase morri do coração. Por um instante achei que ouvia minha própria consciência culpada se manifestando de forma mais enfática. Madalena arrependida? O monstrinho estava sentado numa poltrona que dá para a janela, de costas para a porta, razão pela qual não notara sua presença quando entrei na sala.

"Oi!", ela repetiu.

Anita é campeã em proporcionar sustos como esse. Já passei momentos de verdadeiro terror, como os daquele garotinho perceptivo de *O iluminado*, ao me deparar de madrugada com Anita, que, além de todas as suas inusitadas atribuições paranormais, também é sonâmbula, parada no corredor com o olhar pétreo de um fantasma de filme *trash*.

"Anita! Você tá escondida?"

"Estou concentrada, me comunicando."

Como Anita é muito pequena e sua cabeça não ultrapassava o espaldar da poltrona, me senti conversando com um ectoplasma.

"Ah. Desculpe interromper tua concentração então."

"Você não interrompeu nada", disse , levantando-se da poltrona e caminhando na minha direção. "A gente já tinha se desconectado."

"A *gente*?"

Reparei no rosto corado e nos dois inquisidores olhinhos azul-turquesa que o enfeitavam, duas interrogaçõezinhas psicodélicas a indagar *Você andou traindo o Zé Roberto ou é impressão minha?* (ou seria só a culpa me atazanando?).

"Eu e o Patrick."

Nos cumprimentamos com beijinhos no rosto.

"Ah. Tudo bem com ele?"

"Mais ou menos. Uma calmaria bizarra no mar Egeu. Calmarias no mar Egeu são raras, mas quando acontecem deixam a galera bolada. Elas podem causar depressão, você sabe. É um problema de navegadores solitários."

"O Patrick deve estar acostumado com esse tipo de coisa."

"Não no mar Egeu. Um mar que homenageia um afogado. Egeu, o rei de Atenas, se jogou no mar pensando que Teseu, seu filho, tinha morrido em Creta lutando contra o Minotauro."

"E o Teseu não estava morto."

"Não, mas Egeu acabou morrendo no fundo do mar."

"É só uma lenda, Anita."

"Eu sei. Mas fico preocupada de pensar que essa ideia pode passar pela cabeça do Patrick..."

Nessa hora me deu uma peninha danada da Anita: sem pai e com uma mãe ausente e maluca (sinta-se à vontade para achar a própria GoogleEarth um tanto quanto despirocada).

"Vem cá..." Dei um abraço nela. "Um velejador cascudo como o Patrick não vai ficar impressionado com lendas gregas, Aniquinha."

"Se velejadores não acreditassem em lendas gregas, não seriam velejadores. Trabalhariam no mercado financeiro ou em publicidade. Os caras vivem em outro mundo, Chica. E uma calmaria é sempre uma noia. Lembra daquela calmaria que o Patrick enfrentou no ano passado na corrente Kuroshio, no Pacífico Norte?"

"Kuroshio? Não tenho certeza... Ah, acho que lembro, sim, de você ter falado alguma coisa."

"Você tem ideia do que é ficar uma semana parado no meio da Sopa de Lixo do Pacífico?"

"Nem consigo imaginar."

De repente ela franziu o rosto e começou a fungar: "Que cheiro é esse?".

Me desvencilhei do abraço e olhei instintivamente para a sola do meu sapato: "Que cheiro, Anita? Alguma coisa a ver com a Sopa de Lixo do Pacífico?".

"Cheiro de sexo."

41.

Então, num momento nada propício a ecos divinos, delays metafísicos e pseudopoetas doidões, num momento sem reverberações sonoras e desprovido de vibrações transcendentes, num vácuo sem ácuo...ácuo...ácuo, na hora exata em que passo a grana pro Frank, revelando ao mar e aos ventos alísios a mais corriqueira e hija de puta das transações escrotas, um adolescente comprando fumo de um traficante safado coroa metido a surfista filósofo poeta, ah, meu velho, meu eu profundo, meu Henry Miller de mim mesmo, ah, Rodrigão, seu bostinha, ou vossa bostinha, como papai gostaria, nessa hora o casalzinho de surfistas holandeses começa a subir das pedras com uma agilidade de alpinistas irados, ou sherpas sarados, ou super-heróis encarnados, correndo na nossa direção, e eu e o Frank, os besteirões do bagulho insano, num tempo câmera lenta dos deuses jamaicanos, eu pegando o sacolé com a maravilha cultivada em casa, ele metendo os capilezinhos do papai no bolso do bermudão rasta, e os dois turistas holandeses sherpas super heroes chegando até nós dois enquanto se transmutam em dois canas à paisana, ele tirando um berro num sei de onde, ela um par de algemas, mãos pra cima, polícia!

...ícia...ícia...ícia...ícia...ícia...

42.

Não preciso falar, lógico, do susto que levei quando Anita disse que sentiu *cheiro de sexo* ao me abraçar. Nem da minha cara de idiota tentando disfarçar o alvoroço interior que a declaração me causara.

"Sexo? Será que eu pisei no cocô do Jonas?"

"Cheiro de cocô não é cheiro de sexo. Além disso, você sabe, o Jonas só faz cocô na rua."

"Ele transou com alguma cadela no cio, talvez?"

"Sexo humano, Chica."

"Eu não sinto cheiro de sexo nenhum, Anita. E você ainda

não me disse como conseguiu entrar em casa! Você não estava em Búzios com a tua mãe?"

Fui andando pelo corredor em direção ao banheiro, tentando demonstrar tranquilidade, pressa casual e uma quase imperceptível dose de indignação. Na verdade, claro, fugindo rápido daquele olfato digno de um pastor alemão, desses que te esquadrinham a virilha com o focinho úmido em aeroportos internacionais, e desesperada por um banho que me livrasse do cheiro comprometedor. E olha que eu já tinha tomado um no motel. Não um banho completo, não molhei o cabelo, óbvio, mas dei uma lavada bastante criteriosa nos *países baixos*. E escovei os dentes! Talvez a sensibilidade paranormal de Anita estivesse captando os odores da minha culpa.

Anita me seguiu pelo corredor: "Viemos passar uns dias aqui no Rio. Amanhã é o dia da análise da mamãe. Quando cheguei, a Nanoca tinha acabado de arrumar a cozinha e estava rezando daquele jeito sinistro, de braços abertos e olhando pra cima como uma doida. Abriu a porta pra mim e ainda me fez rezar o pai-nosso com ela. Comédia".

"Tua mãe está fazendo análise?"

"Sem ironia, Chica. Talvez o cheiro esteja vindo do quarto da Claudinha."

"Talvez", concordei, entrando no banheiro. "Vou tomar um banho."

"A Claudinha ainda está namorando aquele pagodeiro?"

"O Wagner é músico."

"Pagodeiro não é músico?"

"Sem ironia, Anita. Ele não toca só pagode, você sabe."

"O.k., vou usar o computador da Claudinha."

"Anita", perguntei antes de me trancar no banheiro, "como você sabe como é cheiro de sexo?"

"Sexo humano?"

"Qualquer sexo."

"Eu sei tudo", disse ela, já no quarto da Claudinha, num surto repentino de imodéstia aguda. Antes de ligar o chuveiro escutei o monstrinho proferir o veredicto: "O cheiro não é daqui, não".

O que me intriga (e também me conforta) é que Anita não revelou à Claudinha, nem ao Rodrigo e muito menos ao Zé Roberto, graças, suas desconfianças sobre minhas exalações sexuais. Talvez esteja ainda me analisando, recolhendo provas definitivas que possam corroborar a tese de que às vezes, e em algumas delas o Zé Roberto *não* está viajando, eu chego sim em casa cheirando a... sexo humano.

43.

Pedrinho Stein foi um hiato ou, ainda, uma curva, e agora o Homem se arrepende de que não tenha sido uma ruptura definitiva, como uma rachadura no asfalto que divide uma via única em duas estradas incomunicáveis. E ele tentou. Ah, tentou, senhoras e senhores do júri — sim, no momento o Homem vê o diário como o júri de um tribunal e também a si mesmo como o réu cabisbaixo. Como ele tentou se desvencilhar de W19! Porém, mais poderosa que a tentativa, há a tentação, só para ficar num jogo interessante de palavras que pouco esclarece sobre a falta de sentido das ações humanas. Naquele dia em São Paulo, W19 argumentou pelo telefone, chorosa, que não poderia ir ao encontro do Homem, pois um ex-namorado de nome Pedrinho Stein não se dispunha a largar de seu pé. Diante da reação indignada do Homem, W19 justificou que o tal Pedrinho — um triatleta bem conceituado nos rankings — já tentara se suicidar algumas vezes, e uma rejeição por parte dela poderia levá-lo a mais uma tentativa de suicídio, e W19 não se perdoaria se dessa vez ela fosse bem-sucedida. W19 chorou bastante depois de dizer isso, um choro intenso que despertou no Homem, além de pena e compaixão, um ímpeto de, se não perdoá-la, pelo menos compreendê-la. Não deixa de ser do "estilo W19" o envolvimento com um triatleta deprimido com tendências suicidas. Um atleta diferenciado, por assim dizer. Ainda que admirado da capacidade de W19 de encontrar no triatlo algum páthos, o Homem jurou a si mesmo que nunca mais perderia tempo com W19 e suas bobagens de adolescente desajustada.

O juramento durou menos que cinco dias. Quatro dias, seis horas e dezessete minutos, para ser exato. E sua avidez por quebrar o próprio juramento foi punida pela percepção aguda, ou melhor, pelo intrometimento tenebroso, da pequena Anita, a Terrível. O Homem despertou na madrugada de domingo assombrado por um pesadelo. Olhou o celular, que marcava 3h17, e percebeu que não conseguiria voltar a dormir tão cedo. Percebeu também que simplesmente não conseguia esquecer W19. Virou-se para o lado na cama e se certificou de que sua mulher dormia. Levantou-se, pegou o iPad e foi até a sala. Para não acordar os filhos, manteve apagadas as luzes da sala. Nem Jonas, o labrador, despertou. Sentou na poltrona, ligou o iPad e verificou os e-mails. Nos dias que haviam se passado desde a volta de São Paulo, ele se recusara a abrir os e-mails de W19 e os apagara com a tecla *delete* — advogados que se prezam não usam o verbo *deletar* —, sem se preocupar em ler as mensagens. Mas naquela noite abriu os vários e-mails que W19 continuava a lhe enviar. Apesar das desculpas de W19, que prometia que bolos daquela natureza não mais se repetiriam, o Homem manteve uma postura sóbria — rá, rá —, apelando para sua maturidade e a ilusão de que poderia controlar a situação. *Tudo bem*, respondeu, *vamos continuar nossa brincadeira virtual, se é isso que você quer. Mas não conte mais comigo para encontros "ao vivo". Beijo, Zé Roberto.*

E então, logo depois de teclar o *send* com gravidade, como um chefe de Estado que dispara um míssil nuclear, o Homem ouve a voz rouca, como vinda do além: "Oi!".

44.

Não é uma técnica de suspense, juro. Sou bióloga, suspense não é exatamente uma das minhas ferramentas de trabalho. Me dou melhor com microscópios, tubos de ensaio, cadinhos e refrigeradores de alta precisão. É que a minha cabeça não para, entende? Aquela louca suplicante? Para, cabeça! Para! Mas ela não para. Quero dizer: o gordinho careca de surpreendentes olhos azul-turquesa com cara de gerente de supermercado (agora nem tanto, depois que reparei nos olhos azul-turquesa), que passaria por um professor de dissecação de cadáveres (com olhos de poeta, evidentemente), está de fato entrando no meu carro. Não é impressionante? Tudo bem, estou travada num congestionamento-monstro, com muita gente em volta, gente que inclusive está vendo o gordinho entrar no meu carro, o que me proporciona uma quase insustentável sensação de segurança, que em nada, porém, justifica eu ter aberto a porta para um desconhecido que depois de gritar com alguém ao celular e choramingar de um jeito todo próprio, como se estivesse rindo, me olhou, saiu do seu carro (que eu, que não entendo de carros, posso dizer apenas que é um carro prateado), se aproximou e perguntou se podia entrar um instante, pois precisava falar uma coisa importante comigo. E eu abri a porta? Vai entender.

Antes de ouvir o que o gorducho dos olhos azul-turquesa tem a me dizer, preciso deixar uma coisa bem clara: *eu não sou assim*. Sabe aquela esclerosada afirmativa? Dizendo pela primeira vez uma coisa que já disse mil vezes? Revelando um segredo que ninguém quer saber? Como diz a minha manicure: *só* se fala em outra coisa. *Eu não sou assim do jeito que tenho sido*. Tudo o que tem me acontecido ultimamente, a paixão inesperada pelo Helinho e até mesmo a irresponsável predisposição a me deixar hipnotizar pelos primeiros olhos azul-turquesa que me aparecem num congestionamento, é absolutamente novidade para mim. O passar do tempo pode ser cruel e implacável, concordo, mas muito instrutivo também. Chega uma hora na vida em que é preciso se dar ao direito. Direito de quê? De trair o marido? Apesar de tudo, preciso ser justa com o Zé Roberto: nosso relacionamento sexual é ótimo.

45.

A danadinha pegou o Homem no pulo: "Oi". Que susto! Por um instante o Homem se esquecera de que Anita passava uns dias na casa por causa de uma suspeita sequência de sessões intermitentes de análise junguiana a que Betí Schnaider se submetia no Rio nos últimos meses. Tudo bem, a menina estava de olhos fechados e é de consenso na casa que, além de todas as esquisitices imagináveis, a pequena Anita também é sonâmbula.

"Anita!", disse o Homem, desligando o iPad de forma atabalhoada. "Não te vi nessa escuridão! Tá dormindo?"

"Mais ou menos", ela disse, abrindo seus brilhantes olhos azul-turquesa. "O que é dábliu dezenove? Vi no seu e-mail."

"Você estava me vigiando, Anita?"

"Não, eu estava sonambulando. Que é uma forma de perambular dormindo."

"A definição do verbo sonambular inclui xeretar a correspondência alheia?"

"Aham", concordou ela. "Na minha acepção. O que é dábliu dezenove?"

"Uma empresa", respondeu o Homem. "São clientes do escritório"

"Empresa de quê?"

"De lubrificantes íntimos", disse o Homem, já que essa foi a única — e péssima — ideia que lhe ocorreu no momento.

"Engraçado", disse Anita, caminhando de volta para o quarto da irmã Claudinha, onde costuma dormir quando está hospedada no apartamento de Botafogo. "Achei que era o codinome de uma mulher."

"Como assim?"

"Como aquela máscara que a Julieta usa na festa em que conhece o Romeu", disse, e entrou no quarto.

E o Homem soube que teria alguns problemas pela frente.

46.

Minha atividade sexual com o Zé Roberto atingiu aquele estágio que um comandante da Aeronáutica definiria como nível de cruzeiro: mantemos uma regularidade considerável, uma média de três transas por semana (são dezoito anos de casamento!). Nelas invariavelmente repetimos um agradável e satisfatório procedimento, que batizamos de "caranguejinho". "Vamos pro caranguejinho?" é a senha com que um de nós anuncia ao outro quando está no clima. O que já virou piada em casa, claro. O Rodrigo adora perguntar em tom de deboche, depois do jantar, "e aí, vai rolar caranguejinho hoje?". Esse "estar no clima" pode ser percebido por detalhes aparentemente casuais, informações sutis e não verbais que enviamos um ao outro; por exemplo, quando o Zé Roberto penteia o cabelo para trás depois do banho, coisa que ele não costuma fazer muito e que eu adoro (fica parecendo o Andy Garcia), ou quando visto uma bermudinha jeans que aperta minhas coxas e parece asfixiar meus joelhos gordinhos, deixando-os parecidos com duas tortas da vovó Donalda, e que o Zé acha a coisa mais tesuda do mundo.

O circuito tradicional do caranguejinho começa comigo fazendo um striptease, enquanto o Zé, já pelado na cama, vai assistindo a tudo e tocando uma bronha como aquecimento, já que ele não goza, fica só bombeando o cacete e me olhando tirar a roupa, como quando devora *mixed nuts* enquanto assiste com o Rodrigo na tevê àquelas lutas horríveis de UFC. Quando termino meu strip (depois de caprichar nos contorcionismos e volteios de bumbum), o Zé já largou o pau e está segurando um vibrador que compramos juntos numa sex shop em Miami, uma borboletinha sorridente que bate as asinhas, e com a ajuda da safada começa a me sapecar uma siririca até eu gozar. O Zé enlouquece de me ver gozar assim, de pé na cama, como se surpreendida por um prazer urgente e imperativo, que nem me desse tempo de sentar, ou deitar. Durante o gozo começo a gemer e, conforme a intensidade do negócio, até a gritar. Então estamos prontos para o caranguejinho propriamente dito, quando o Zé, deitado e com aquela piroca ereta como o obelisco da Place de la Concorde, deixa eu sentar em cima dele e girar meu corpo devagarinho, completando uma volta de trezendos e sessenta graus a cada dois ou três minutos, enquanto ele começa a mover o corpo bem devagar, como um caranguejinho num ritual de acasalamento. Inevitavelmente o passeio em cima do caranguejo me faz gozar mais uma vez. Depois disso, ponho uns óculos escuros de brechó com shape dos anos 1960, como o Zé gosta, que vivem na minha mesa de cabeceira só para essa função. "Bota o oclinhos! Bota o oclinhos!", ele suplica, com a voz trêmula de um moribundo alucinando. Geralmente gozamos juntos nessa hora, eu de óculos escuros dando a minha terceira, o Zé dando a única, e bem dada, dele.

O Zé é assim, goza só uma vez, mas tem uma capacidade incrível, tântrica, ele diz, de controlar o gozo durante a trepada. Depois de gozar parece um cavalo morto atropelado na estrada. Happy end no final, quase sempre com o Zé Roberto e eu como dois carrinhos arremessados para fora de uma pista de autorama. O engraçado é que desde que comecei a transar esporadicamente com o Helinho meu tesão pelo Zé Roberto, ao contrário do que se poderia supor, só aumentou. Uma mulher apaixonada por outro não deveria sentir tanto tesão pelo marido, certo?

47·

O Homem compreende que o termo "paradoxo" é contraditório por definição e em sua experiência no direito tributário já se debruçou sobre o tema inúmeras vezes. Do grego *parádokson* ao latim *paradoxon*, passando pelo princípio da incerteza de Heisenberg e pelo estudo da semântica geral de Korzybski, o advogado muitas vezes teve de usar a contradição como meio de entender — e justificar — os comportamentos humano e desumano. De que outra maneira explicar sua própria atitude? Masturbando-se à visão das acrobacias sexuais de W19 no Skype, enquanto espera o momento de estrondar a patroa em casa depois da novela? O piloto que acelera e freia ao mesmo tempo fica parado no lugar ou se arrebenta contra o muro dos paradoxos?

Paradoxos que também brotaram do enigmático silêncio de Anita, que se realmente percebeu, e o Homem tem certeza que sim, algo de comprometedor na sigla W19, que Anita num lapso poético comparou à máscara usada por Julieta no baile dos Capuleto, nada fez a respeito, guardando para si suas desconfianças, assim como da estranha e mais recente obsessão de W19, que agora fazia porque fazia questão de promover um novo encontro entre eles. O Homem já sabia, a essa altura, que seu relacionamento com W19 caminhava em ritmo de maratonista queniano para o fracasso. E também intuía que quanto antes terminasse a ligação dos dois, menores seriam as sequelas. Mas aquele jogo estranho o revigorava e imantava de emoção as ações mais banais e corriqueiras de seu dia a dia. Acordar, barbear-se, ir para o trabalho. Tudo agora parecia uma aventura, como se a cada manhã ele partisse na frota de Colombo rumo ao Novo Mundo. Estranhos são, o Homem concluiu em seguida, os caminhos de Santa María, Pinta e Niña. Pois que numa bela manhã W19 propôs enfim um encontro, *pra gente ter uma conversa*, na noite de 21 de maio.

Sacanagem, 21 de maio é o aniversário do Rodrigo.

48.

O fato de meu tesão pelo Zé Roberto ter aumentado não quer dizer que as minhas trepadas com o Helinho sejam desanimadas. Longe disso. São mais raras, é verdade. E, além de algumas diferenças técnicas facilmente perceptíveis (o Helinho tem bigode, o Zé Roberto não; o Zé é circuncidado, o Helinho não), existem diferenças de atuação entre os dois. O Zé Roberto goza só uma vez; o Helinho duas. O Helinho sempre usa camisinha; o Zé nunca. As transas com o Zé Roberto são plácidas, energéticas e eficientes. Com o Helinho, por ele ser o amante, isso também influi nos procedimentos, penso eu: sexo com o amante tem de ser diferente de sexo com o marido. Se não, qual o sentido de trair o marido? As trepadas, embora ternas, são mais tensas, intempestivas e... imperfeitas. Não há entre nós nada que se assemelhe a um caranguejinho. Um "chapéu mexicano" seria mais adequado.

As ambientações também diferem. Com o Zé Roberto, na tranquilidade aconchegante do nosso ninho conjugal: a caminha king size, de vez em quando ao som e à luz de um canal de sexo na tevê. Adoramos filmes de sacanagem, eu e o Zé Roberto, os quais apreciamos com a gravidade e a reverência de quem acompanha um concerto para piano e orquestra no Lincoln Center. Com o Helinho, no ambiente "antessala do inferno" dos variados e de duvidosa higiene lençóis que cobrem as camas dos motéis muquifos da avenida Brasil, com direito a espelhos por todos os lados. Motéis em que não ligamos a tevê, já que o Helinho não gosta de filmes de sacanagem e os considera "brochantes". E por aí vai. Exemplo: o Helinho come o meu cu quase sempre. É o tesão dele. Com muita paixão, claro. Com eu te amo eu te amo eu te amo reverberando nos espelhos impregnados de bundas, paus, peitos, cus, bucetas, porra, sangue, saliva, suor e lágrimas (fui fundo agora, hein?). E quando dou o cu para o Helinho, bato uma siririca enquanto ele me enraba. E às vezes preciso enxugar a mão, tamanha a lubrificação da minha xota. Nota informativa e não publicitária, como pode parecer: antes do sexo anal, besunto de vaselina meu precioso cuzinho, que ninguém é de ferro e o Helinho é razoavelmente bem-dotado. A vaselina é trazida pelo Helinho, já que eu não teria como explicar a presença ostensiva do excipiente na bolsa ao voltar para casa depois do trabalho. Ao final da brincadeira untuosa, gozamos juntos. Geralmente a gozada no cu é a segunda, e última, do Helinho. Apesar dessa finalização meio rotineira, o resto dos procedimentos das minhas trepadas com o Helinho não segue nenhum roteiro preestabelecido. A não ser pelos beijos apaixonados com que iniciamos os trabalhos, que costumam durar uns três minutos, nós dois já pelados, deitados na cama, beijando e beijando. Ah, e o Helinho se liga mais nos meus peitos. Brinca com eles, chupa os biquinhos, essas coisas. O Zé ignora minhas tetas. O negócio dele é a chavasca. Depois dos beijos apaixonados, Helinho e eu optamos por uma posição mais ousada, eu de quatro, por exemplo, ajoelhada na cama do motel, me olhando nos espelhos enquanto ele me fode como um fauno arfante quase ridículo. Sim, porque com o Helinho rola uma comédia também. Quando ele está nessa posição de "fauno arfante quase ridículo" ajoelhado, faz uma careta esquisita enquanto me fode, uma careta que eu não gosto de olhar, pois me corta um pouco a onda. E quando ele goza, então, a careta pode ficar muito estranha. A careta, os grunhidos e um certo jeito desengonçado de mexer o corpo, como se estivesse tendo um espasmo. É o estágio "fauno arfante destaque de carro alegórico de escola de samba". E tem outra coisa de que eu não gosto muito (eu não ia contar mas foda-se, estou contando tudo mesmo): depois de transar, o Helinho às vezes vai até o banheiro fazer xixi e solta um pum (a palavra é horrível, concordo, mas peido é pior) enquanto mija (cá entre nós, *mijar* também não é o verbo mais fofo do mundo). Um pum seguido de um pigarro, como um tique nervoso. Com o Zé Roberto uma coisa assim jamais aconteceria. Somos muito pudicos e em dezoito anos de casamento jamais um flagrou o outro em situações... como dizer...? Causadoras de desilusões domésticas?

49.

Bem-vindo ao pesadelo, playboy.

Todas as minhas leituras de Henry Miller , que não entendi muito bem, assim como *Ulysses*, de James Joyce, mas pelo menos *Sexus*, *Plexus* e *Nexus* serviram pra eu bater umas punhetas e perceber que, assim como Deus, Henry Miller também sabia que a bike é o veículo do futuro; o *Ulysses* realmente só serviu pra eu dormir babando... todas as leituras não me adiantam nada na hora de entregar minha mochila pro policial bonzinho, que é o homem, e ele descobrir meu nome, endereço e idade, e portanto sacar que sou menor de idade, *de menor, de menor*, como ele repete, e suas repetições não soam como Deus falando. Já o Frank, maior de idade, tem seu destino selado: será levado pelo bonzinho para a delegacia. A pé, claro, e algemado, porque o trânsito está congelado como uma paisagem de fim de mundo, impedindo a chegada de reforços e viaturas. E eu, o *de menor*? O que vão fazer de mim? Depois de recolherem o bagulho, a cana má, que é mulata e gata de uma maneira muito peculiar, decide me levar pra casa e contar a meus pais minhas desventuras, afinal o congestionamento não permite idas e vindas à delegacia e a polícia está, segundo os diletos policiais, testando novos procedimentos e disposta a ajudar os menores infratores, dando-lhes novas chances, além da oportunidade de tomar um belo esporro e levar uma surra antológica em casa. Obrigado, polícia. Explico que meus pais provavelmente não estarão em casa, olha o trânsito, tá tudo parado, mas não tem jogo. Depois ainda tento mais uma vez fazer a marrenta desistir da ideia, como é que você vai me levar até Botafogo, minha bike tá parada ali... esquece.

Deixa a bicicleta aí, ela diz. Tá travada, não tá? Vem comigo, tô de moto.

Nunca vi ninguém ser levado em cana de moto.

Nunca viu um congestionamento como esse também, certo? Então. Monta aí, playboy, antes que eu perca meu último pentelho de paciência.

50.

O Homem enfim aceitou que caminhava para o abismo, ou para a ruína, ou para o cadafalso, vá lá, quando num acesso de introspecção e autoanálise sentado na latrina como *O pensador*, de Rodin — numa manhã em que se esquecera de levar, como de hábito, o jornal para ler enquanto aliviava os intestinos —, compreendeu que todas as coincidências que norteavam seu relacionamento com W19 eram absolutamente inaceitáveis à luz de uma análise racional. E que melhor lugar, pensou, para uma análise racional do que a latrina? Estava claro que W19 era uma abstração inventada por alguém que conhecia muito bem seus gostos e hábitos com a intenção de desmoralizá-lo. Ou por que outra razão, querido, W19 se recusara a se encontrar com ele todas as vezes em que se dispusera a tanto, e depois passara a propor ela mesma encontros em datas que sempre coincidiam com aniversários de filhos, comemorações variadas e compromissos inadiáveis que impossibilitavam ao Homem qualquer comprometimento, em mais uma prova de que a sequência de coincidências — Dead Kennedys, Satie, o poema de Rimbaud etc. etc. — era fruto da mais terrível premeditação? O Homem chegou a cogitar se algum desafeto, ex-cliente ou mesmo alguém da Receita teria motivos para desmoralizá-lo. Não a esse ponto, definitivamente. Era um homem sem inimigos. Visíveis, pelo menos. Quem se esconderia atrás da máscara sedutora de W19? Quem hoje, dia do aniversário de seu casamento, como num golpe final, como o toureiro que estoca o touro na artéria principal, o avisaria pela voz melíflua de W19: "É hoje, Zé. Teu prazo acabou. É hoje que eu apareço na tua casa pra gente ter aquela conversa".

Será que o trinta e oito que eu ganhei do papai está carregado? Não lembro.

51.

O cruzamento em que me encontro, no sentido figurado, já que um congestionamento de trânsito não é o cruzamento, mas o nó de um milhão de caminhos, é o seguinte: se estou tão feliz e plena com esses dois homens, o Helinho e o Zé, o que fazer com o inquietante desejo do Helinho de me querer "só pra ele"? Tudo bem, o Zé Roberto também me quer só pra ele, mas afortunadamente *crê* que sou só dele, ou quer crer, ou *finge* crer, o que dá mais ou menos na mesma. Por mim, deixava a situação como está. Ouvindo as declarações apaixonadas do Helinho, fruindo o prazer de decifrar seus lábios dizerem eu te amo eu te amo eu te amo em silêncio, fodendo com ele uma vez a cada duas semanas (em períodos de movimentação hormonal mais intensa uma vez por semana já daria conta dos meus "anseios"), ouvindo suas histórias interessantes sobre a Revolta da Vacina ou sobre as migrações sucessivas que garantiram a evolução do *Aedes aegypti* ao estágio atual. E ao mesmo tempo desfrutando da rotina doméstica, dos jantares com o Zé Roberto (em que tomamos nossa cervejinha enquanto conversamos sobre novela, jurisprudência, resultado do futebol e as últimas revelações da física quântica, e Jonas adormece sob a mesa, sobre nossos pés), dos passeios regulares no caranguejinho, das idas à praia nos finais de semana com a família toda, da convivência divertida com o Rodrigo e a Claudinha, o que inclui o bônus ocasional das inestimáveis estadias da oracular Anita GoogleEarth, nossa minipitonisa *high-tech*. O.k., o.k., assim fica fácil, né? Amada por dois homens apaixonados, o marido e o amante, sem conflitos, levar os filhos à escola, fazer a aula de spinning antes de ir pro trabalho, entrar num motelzinho escroto de vez em quando pra ser enrabada e depois voltar para a segurança inebriante da cervejinha belga em canecas congeladas no freezer etc. Mas se realmente o Helinho regressar da experiência amazônica, sob a égide das palafitas do Ariaú Amazon Towers, depois de todas as estripulias, reflexões e prováveis revelações que a convivência com Mister Jeff B. Cozan tenha proporcionado, com direito até quem sabe a um eventual cipó *ride*, determinado a aparecer de surpresa na minha casa e me enquadrar num sincerão meio islâmico tipo "você é minha agora, Chica, faça as malas e vamos nessa", eu preciso tomar uma decisão urgente. Demorou.

52.

O problema não é nem o que o meu pai vai dizer quando eu chegar em casa escoltado por uma police woman. Ou o que a minha mãe vai, ai, ai, fazer. O problema é que o Frank, que acredita ser um transcendente profeta guru surfista zen e não um traficantezinho de classe média, falou assim pros canas na hora do flagra, numa tentativa de aliviar a prensa, já que é ex-presidiário: "Tô só passando uma carinha pro pai dele, que é advogado. Não sou trafica. Sou growner. Cultivo minha erva em casa pra consumo próprio, brother". E ainda teve a manha de citar Cazuza, no aforismo mais fora de hora da história: "Eu não posso causar mal nenhum, a não ser a mim mesmo, a não ser a mim"... tem dó. Growner? Que tipo de policial se sensibilizaria com uma declaração débil mental como essa? O.k., tu explica a parada do growner pro delegado, disse o cana. Que era o bonzinho, rindo, tirando onda. Quando o Frank, no desespero, tentou iniciar um papo corrupção, sugerindo um "mas não tem jogo mesmo? podemos conversar...", o cana, que era muito gente boa, ainda bem, riu mais uma vez: esquece, os tempos mudaram, vou fingir que nem ouvi a proposta, pra não complicar ainda mais a tua situação. A cana má, black woman, essa nem riu. Vós explicais ao delegado, Frank. E eu explico pra mamãe, que nem sabe que o papai fuma, que eu estava comprando maconha cultivada em casa pra ele. Maconha orgânica, que minha mãe se liga nessas paradas orgânicas.

53.

Analisemos as três possibilidades mais óbvias.

Primeira: ao chegar em casa, contar tudo para o Zé Roberto.

Sem chance, descartada. Não vou contar pro Zé Roberto que estou apaixonada pelo Helinho, ainda mais no dia em que nosso casamento faz dezoito anos. Por mais gente fina que o Zé seja, não dá para prever que reação ele terá ao saber da boa-nova. É homem, né? Vai que resolve me dar uma surra (merecidinha) ou convocar o Helinho para um duelo? Embora improvável, uma atitude intempestiva do Zé Roberto é sempre uma possibilidade a se considerar. O tal calor da emoção pode atingir temperaturas altíssimas. Não consigo evitar, meu pensamento volta toda hora para aquele revólver horroroso que o Zé ganhou do pai, esquecido no armário há anos, e que eu queria que fosse doado à campanha de desarmamento mas que o Zé insistiu em guardar pois era uma "lembrança simbólica", palavras dele, "e ritualística" de sua iniciação no mundo adulto. Afinal, posso estar enganada, claro, mas duvido que o Zé imagine que eu o traio, e pior, duvido que *ele* me traia. Que autoconfiança, hein? Só uma adúltera mesmo.

Segunda possibilidade: terminar com o Helinho.

Esquece. Não há a menor possibilidade de eu descer até a recepção malcheirosa do meu prédio só para dar as costas para o amor verdadeiro, que pode parecer uma abstração, mas que está aí, fazer o quê, saltitando na minha cara. Tenho trinta e nove anos, gente. A vida é uma só.

Terceira e última: largar tudo e sair sambando sem o Zé Roberto e sem o Helinho, engrossando o bloco de Madre Tereza de Calcutá, Buda, Jesus Cristo e São Francisco de Assis, o bloco do "eu vi a luz, vou sozinho ao encontro dela, ela está dentro de mim, fodam-se vocês todos".

Preciso falar? Sou louca, mas nem tanto. Esta falta brutal de homem por aí e eu descarto logo dois de uma vez? Nem morta. Nem as *Aedes aegypti* fêmeas imortalizadas *in vitro* no nosso laboratório me perdoariam (as feministas que não me ouçam).

Melhor eu voltar ao aqui e agora e encarar a realidade: hora de descobrir o que o enigmático gorducho de óculos está fazendo dentro do meu carro.

"O que é mesmo que você queria me dizer?".

54.

O Homem se distrai por um instante. Vê sob uma árvore da praia de Botafogo a cigana com um ar distante, tomada de um enorme cansaço. Ele não quer se separar de Chica. Nem que seus filhos pensem nele como uma espécie de idiota. Tampouco que os amigos o vejam como um otário. Ou que Dreyfuss o sacaneie. E então escuta a voz do motorista do táxi: "Companheiro, o trânsito está parado. Vou ser sincero contigo: melhor ir a pé".

Ele paga a corrida, um paradoxo, mais um, já que o carro mal se moveu, e salta do táxi. A cigana caminha em sua direção: "Quer ler a mão?".

Que surpresas a cigana poderia lhe revelar? Que ao chegar em casa encontrará W19 mostrando para Chica — que acende as velas na mesa do jantar comemorativo — imagens do Homem se masturbando? Que verá suas coisas amontoadas no corredor? Os filhos chorando, Chica deitada no sofá chapada de calmantes, gritando "Obrigada pelo presente de aniversário de casamento"? Um nobre colega com os papéis do divórcio litigioso em punho? Ou W19 está apenas blefando, testando o Homem, divertindo-se em observar até onde ele aguenta ir? Ou então a cigana vai conseguir finalmente roubar seu iPad. De qualquer forma, pensa, olhando o relógio, melhor dar um tempo antes de ir para casa. "Quero", ele diz, e percebe que a cigana não é de se jogar fora. "Quero e não quero."

55.

Vai que algum conhecido me vê agora. Não é que estou mal. De carona numa moto com uma mulher madura, mulatona fornidaça. Não que ela seja baranga. É gata, podemos dizer assim. Jeitosa. Mal-humorada mas gata. Pena que seja cana. E eu nessa, *com* a cana e *em* cana. Não é que estou mal; estou maus. Numa espécie de custódia, rumo ao esbregue familiar. Se a Senelinha, uma derivação anômala de Seleninha, me vê agora, ganho até uma moral. Senelinha é uma gatinha meio neo-hippie do meu colégio. Às vezes passeamos por Copacabana e entramos em prédios comerciais, desses cheios de escritórios e consultórios médicos. Subimos pelo elevador e paramos num andar qualquer. Vamos até as escadas, únicos lugares onde não existem, ainda, câmeras Grande Irmão, como diria meu pai, que acha que o programa *Big brother* banalizou o personagem de George Orwell, e fumamos um beque. Depois de fumar, levamos uns papos sinistros. Ou damos uns beijos estranhos. Ela diz que sou muito inexperiente, o que é verdade, e que meus beijos, ao contrário dos meus beques, "não dão liga". Eu não gosto quando a Senelinha diz isso. Logo eu, que quando perguntado por Jimi Hendrix, "are you experienced?", respondo sempre, "well, I am!". Por isso queria que a Senelinha me visse agora, na garupa da moto da black police woman, costurando entre os carros imóveis como cactos no deserto, no maior engarrafamento da história do Rio de Janeiro. De vez em quando ela reduz a speed, não tem como. Numa dessas eu podia saltar fora. Mas ela diz assim, a cana gata sem nome, porque ela não me disse o nome, e suas palavras definitivamente não ecoam, como as de Deus, Henry Miller e Jimi Hendrix: *se tu correr te caço até o inferno e te mando pra Padre Severino.* Instituto Padre Severino, reformatório para menores infratores, o tipo do lugar onde eu não gostaria de dar um tempo entre delinquentes de baixa renda e toda aquela galera meio slave's revenge. Tô fora. Se tu correr, ela diz, e nem penso em corrigir o tempo verbal, como daddy faria, se tu correr é o caralho, é se tu correres. Se eu correr, se tu correres, se ele correr. Se nós corrermos, se vós correrdes... correrdes, bizarro. Me fodi, essa é a real. Logo no dia em que meus pais comemoram dezoito anos de casados. Presentão.

II

1.

A televisão mostra imagens do congestionamento extraordinário: carros abandonados nas ruas, multidões voltando a pé para casa, uma mulher dando à luz no banco traseiro de uma van no interior do túnel Rebouças. Zé Roberto divide a atenção entre as cenas na tevê e os detalhes finais de uma mesa posta às pressas para um jantar romântico. Ele confere a temperatura da champanhe — ainda não suficientemente gelada — e a disposição dos talheres. Lembra-se de pegar uma vela numa das gavetas do armário da sala de jantar.

"Chega desse congestionamento, pelo amor de Deus!" Chica entra na sala depois de um banho rápido, maquiada e impecável no seu melhor pretinho básico. "Achei que não ia sobreviver."

Ela desliga a tevê.

"Onde estão aquelas velas?", pergunta Zé Roberto enquanto fuça uma gaveta aberta.

"Vela? Você está achando que depois do congestionamento ainda vamos ter um blecaute? Vamos combinar que chegou o juízo final!"

"Um aniversário de casamento, nada tão emocionante… achei!"

"Depende", ela diz.

"Fósforo?"

Chica vai até a cozinha.

"Depende do quê?", ele pergunta.

"Do tipo de casamento. O empadão já está quente", ela volta à sala e joga a caixa de fósforos para Zé Roberto. "Você está com uma carinha preocupada."

Ele pega os fósforos e acopla a vela a um castiçal no centro da mesa: "Este castiçal foi presente de casamento da minha avó, lembra?".

"Claro que lembro. Ela não entendia por que meu pai se vestia de mulher. Ninguém entendia, mas tua avó era a única que falava do assunto. Por que essa carinha?"

"O congestionamento. Uma cigana roubou meu iPad. Eu tinha acabado de começar a escrever um diário no táxi. Enfim…"

"Você deixou uma cigana ler a tua mão, foi isso?"

"Nem me fale. Perdi um monte de anotações, além da minha agenda."

"Quer saber? Prefiro um castiçal de prata a um iPad. Tenho muitas saudades da tua avó. Ela também deu pra gente aquela escarradeira linda, com peixinhos de madrepérola."

"Aquilo é horrível, Chica."

"Eu gosto de escarradeira. Acho chique ter escarradeira no quarto. Melhor que televisão de plasma."

"O nosso casamento é tipo escarradeira no quarto?"

"O nosso casamento é normal. Emoções na medida, nenhuma montanha-russa. Por que você resolveu escrever um diário?"

"Não sei. Provavelmente um sintoma periférico da crise de meia-idade que venho atravessando. Nenhuma montanha-russa? Nenhum trem-fantasma também, espero."

"Diário é coisa de homem sensível, Zé Roberto. Não é a tua cara."

"Quer dizer que eu sou insensível?"

"Quer dizer que você é macho. E por que você deixou uma cigana ler a tua mão? Isso também *não* é a tua cara."

"A gente começa a ficar imbecil a partir de uma certa idade. Começa também a demonstrar certas ambiguidades..."

"E se a cigana postar o teu diário na internet?"

"Se ela publicar, estou fodido. Estamos. Eu e você."

"Por quê? Revelações íntimas?"

"Confissões de um quarentão em crise. Nada muito interessante. Ou original. Mas o suficiente pra dar uma queimadinha no nosso filme."

"Esquece isso. Um casamento normal não iria causar esse *frisson* todo. Não com tanta escabrosidade rolando por aí. Mas que foi veadagem essa sua ideia de escrever um diário, isso foi."

"Será que sou uma biba enrustida?"

"Não me invente de virar mulher agora, você está velho demais pra isso. Já basta o meu pai. Sei que muitos homens têm esse fetiche, mas homens femininos não excitam uma mulher."

"Não se preocupe. Eu jamais suportaria as dores do parto e as cólicas menstruais. De qualquer forma, desisti do diário. Foi um dia estranho. Você também está com um rostinho meio... intrigado. Lindo mas intrigado. As crianças vêm jantar?"

"Achei que o blush ia dar jeito. Intrigado é ótimo. Arrasado, você quer dizer. Obrigada pelo rostinho lindo, mas isso deve ser vista cansada. Está na hora de você começar a usar óculos. Tem uma idade em que, além de ficar imbecil e demonstrar ambiguidades, a gente precisa usar óculos. As crianças não atendem o celular. Talvez o mundo tenha acabado. Ouvi um monte de asneiras de um maluco que estava num carro ao meu lado, um vizinho de engarrafamento."

"*Vizinho de engarrafamento* eu não conhecia. Novos personagens para novos tempos. O que ele falou?"

"Merda. Só isso. Um monte de merda. Disse que era médium e fez profecias desagradáveis sobre o fim do dia."

"Fim dos dias?"

"Fim do *dia*. Tipo aqui e agora. Caô brabo."

"O médium se comunicou com os mortos? Fez profecias aterradoras? Ou só te paquerou? Você deixou o cara entrar no teu carro, Chica? Ou foi você que entrou no dele?"

"O mundo acabando, e você com ciúmes de um médium careca e gorducho? Parecia gerente de supermercado. E a cigana? Gata?"

"Dentes de ouro e verrugas peludas no queixo. Ladra de iPads. Os efeitos devastadores da globalização. Sem clima. Mas deu pra matar o tempo. Pena que ao preço de um iPad."

"Sempre teremos a escarradeira. Vamos comer? Estou cheia de fome."

"Traz o empadão." Ele risca o fósforo para acender a vela, o toque final na mesa do jantar romântico.

Chica vai dizer: "Abre logo a champanhe, estou seca por um goró", mas a campainha soa antes. Um toque insistente e inusual. Os dois trocam um olhar sutilmente temeroso. E se as profecias do médium estiverem certas? Chica abre a porta e dá de cara com o sorriso reluzente de Betí Schnaider. Alguns centímetros abaixo, um laptop exibe Zé Roberto tocando uma bronha alucinada.

As profecias do médium estavam certas.

A ex-maneca de quase dois metros de altura praticamente esfrega a tela do computador no rosto de Chica. Atrás de Betí

Schnaider, como uma singela dama de companhia, Anita Google-Earth exibe um olhar entre o constrangido e o dissimulado.

"O que é isso?" Chica tenta se desvencilhar do laptop, que obstrui seu campo de visão, mas não consegue tirar os olhos da imagem chocante, embora estranhamente familiar, do marido se masturbando em sua mesa de trabalho no escritório.

2.

O mundo acabou, constata Zé Roberto enquanto vê se materializar à sua frente o pior de seus pesadelos. Falta entender como as imagens supostamente compartilhadas apenas com W19 estão no computador de Betí Schnaider, a mãe biológica de sua filha Claudinha. Como isso foi acontecer? Qual a conexão entre W19 e a ex-maneca despirocada? Teria o olhar dissimulado de Anita, a Terrível, algo a ver com a situação? Não há tempo para maiores conjecturas, Chica está prestes a sofrer um ataque histérico — caso não estivesse tão entretida com as imagens de Zé Roberto descabelando o palhaço —, e pela porta ainda aberta do apartamento adentram inesperadamente Jeff B. Cozan, o americano milionário patrocinador da fundação em que Chica trabalha, e Helinho, o biólogo bigodudo paulista.

"Hello!", diz Jeff carregando um buquê de flores, curvado para a frente numa atitude cavalheiresca. Do outro lado da sala, Zé Roberto troca um olhar rápido e significativo com Chica. Além das faíscas de ódio que emanam do olhar da esposa, Zé Roberto percebe também uma interrogação: "Quem convidou esses caras pra jantar?".

"Hello", insiste Jeff endireitando o corpo e sem saber o que fazer com as flores, já que Chica não parece muito suscetível a mesuras no momento.

"Obrigado pelo convite", diz Helinho, meio sem graça, tentando, assim como Jeff, não olhar diretamente para as imagens gritantes no laptop de Betí Schnaider. "Eu precisava mesmo esclarecer umas coisas com você, Chica."

"Eu não convidei ninguém!"

"Fui eu", intervém a ex-maneca. "Entrem, fiquem à vontade, podem olhar. Trouxe pra vocês curtirem."

"Mas eu recebi um e-mail da Chica convidando a mim e ao Jeff para o jantar de comemoração dos dezoito anos de casamento..."

"Me fiz passar pela Chica", esclarece Betí. "Além de massoterapeuta, sou hacker. Vim numa missão: trazer luz e dissipar a hipocrisia deste lar. Estou fazendo uma limpeza cósmica, um descarrego cibernético. Olhem agora, ele vai gozar! Adoro essa gozada. É das melhores."

"Posso saber o que está acontecendo?", pergunta Chica. "Faça o favor de desligar isso! Você invade minha casa mostrando imagens obscenas do meu marido e passa e-mails em meu nome... Que porra é essa?"

"A porra do Zé! Essa você conhece bem, Chica. E não é a única, hein? Infelizmente não posso desligar o laptop, desculpe."

"O que você está dizendo, sua piranha maluca?"

"Nada. Não estou dizendo, estou mostrando. Vim com uma missão, já expliquei. Reprogramação doméstica, esclarecimento conjugal, chame como quiser. E trago provas. O Zé tem uma namoradinha, não sabia? Dábliu Dezenove. Olha aqui. Gata! Namoradinha virtual. Eles gostam de ficar se masturbando pelo Skype. Punheta pra cá, siririca pra lá. Não é fofo?"

Zé Roberto permanece atônito, tão imóvel quanto a mesa à sua frente. Como Betí Schnaider sabe de W19? Por que convidou Jeff e Hélio para jantar? Qual o motivo dessa sanha extremada? Helinho e Jeff B. Cozan cogitam sair de fininho.

"Fofo?", repete Chica de forma mecânica, como se o adjetivo tivesse despertado alguma coisa em sua mente.

3.

Chica percebe num átimo que Betí lhe traz na bandeja a cabeça decapitada de seu casamento. E compreende que a mesma Betí lhe sugere Helinho como arma para contrapor à traição imperdoável de Zé Roberto. Talvez a piranha não seja tão maluca assim. Hélio e Jeff se encaminham discretamente para a porta.

"Helinho!", grita Chica. "Você veio aqui pra esclarecer o quê?"

Hélio e Jeff dão meia-volta.

"Chica...", diz Hélio hesitante, "podemos deixar isso pra uma outra hora..."

"Você veio pra dizer que me ama, é isso? E que temos um caso há seis meses?"

Helinho quase engole o bigode: "Nosso caso foi ótimo, adorei, mas é que...".

"Foi? Nosso caso *foi*? Como assim? Quando nosso caso deixou de ser *é* pra virar *foi*?"

"Não vamos nos ater a questões gramaticais..."

Jeff, que fala mal português, mas está entendendo tudo direitinho — tempos verbais inclusive —, diz, largando as flores e saindo em defesa de seu companheiro: "Caso, vocês? No, viemos agradecer o convite para jantar e aproveitar para comunicar que você vai ser promovida, porque Hélio vai embora comigo para Seattle. *Eu* estava tendo um affaire secreto com Hélio, mas agora resolvemos sair do armário e assumir nossa paixão. E queremos que você, que é muito amiga do Hélio, e o seu marido, que é muito simpático, sejam os primeiros a saber das novas nesse adorável jantar...".

As revelações fazem Zé Roberto emergir de seu torpor.

"Seus veados bigodudos, saiam da minha casa agora! Freddies Mercurys do caralho! Saiam já! O que é isso? Um complô? Saiam todos! Biólogos veados, paulistas bigodudos, ex-manecas loucas e esposas adúlteras!"

Enquanto Zé Roberto vocifera, o laptop de Betí Schnaider o exibe sussurrando obscenidades românticas como "*...isso, a bucetinha, vai, abre mais a perna, grelão, vou gozar, isso, escrotinha, ááááá...*".

"Isso é homofobia!", diz Jeff B. Cozan.

"O que você tem contra paulistas?", pergunta Helinho, ferido em seu orgulho bandeirante.

"Nada. Meu problema é específico com paulistas veados de bigode que comem a minha mulher. Espero que vocês tenham usado camisinha."

"Zé Roberto!", Chica tenta controlar no grito a ira crescente do marido.

"Usaram ou não usaram?"

"Vou chamar a polícia!", ameaça Helinho.

"Cheguei."

Uma policial da Delegacia de Entorpecentes — que mais lembra uma mulata do Sargentelli — entra no apartamento escoltando Rodrigo.

"Eu sou a polícia. Algum problema?"

4.

Jonas, o labrador, começa a latir.

"Quieto, Jonas!", ordena Rodrigo.

"O Jonas não gosta de polícia", explica Anita GoogleEarth.

"Ninguém gosta", admite a policial. "O que tá pegando?"

"Nada", diz Helinho, mais calmo.

"Nada?"

"Nada que pessoas civilizadas não possam resolver sozinhas."

"Nunca vi um policial responder a um chamado tão prontamente", diz Jeff. "Nem a SWAT."

Rodrigo não contém um sorriso. SWAT é surreal, pensa. Real...real...real...

"Obrigada, mas vim por outro motivo. Quem são os pais do Rodrigo?"

"Eu e a Chica. Acho. Não tenho mais certeza de nada."

"Não tem graça, Zé. Dá pra desligar essa merda, Betí?"

"Não."

"O menor Rodrigo foi arrestado numa operação no Arpoador por porte de drogas", diz a policial em tom burocrático, "flagrado naquela localidade comprando maconha de Frank Vieira, traficante, que afirmou que o menor adquiria a droga para consumo próprio e também do pai..."

"Opa, engano seu", interrompe Chica. "Pai de quem? O Zé Roberto não fuma." Ela e o marido trocam um olhar intenso e significativo. "Você voltou a fumar maconha, Zé?"

Diante do silêncio de Zé Roberto, que funciona como uma admissão de culpa, Chica prossegue: "Eu posso até aceitar que você me traia com uma garota pela internet, mas fumar bagulho escondido de mim? Por quê? Esqueceu que eu fui a maior maconheira da minha turma na UERJ? E a nossa cumplicidade?"

"Galera! O empadão queimou!", avisa Anita GoogleEarth. A declaração, acompanhada de um cheiro inconfundível de comida queimada, consegue amenizar por alguns segundos a tensão reinante no apartamento.

"Ai, meu Deus, esqueci do empadão", Chica leva a mão à testa. "Desliga o forno pra mim, Anita, por favor..."

Alguma normalidade se difunde pelo ambiente junto com a fumaça do empadão queimado, mas não por muito tempo: W19 irrompe do elevador com suas pernas compridas de maneca, olhos brilhantes de cocainômana, pálpebras maquiadas de replicante e unhas roxas de roqueira. Ciente do efeito dramático causado por sua entrada em cena — com direito a fumacinha e latidos para dar um clima —, a vistosa garota posta-se teatralmente de modo a ficar emoldurada pelo batente da porta e encara a todos com uma expressão de menina burra querendo transparecer densidade interior. Nesse instante Zé Roberto tira do bolso do paletó o revólver que ganhara do pai vinte anos antes.

5.

A policial reage imediatamente com um movimento brusco, tentando sacar sua arma de um coldre preso às costas.

"Parada!", diz Zé Roberto, enquanto aponta o revólver para W19. "Se você ou qualquer um aqui fizer um gesto, eu atiro."

Temerosa de que alguém acabe se ferindo, a policial desiste de qualquer ação. Betí Schnaider, numa trégua forçada, aperta a tecla *pause* de seu laptop. Um silêncio tumular envolve o apartamento, e até Jonas para de latir. Por alguns segundos a fumaça do empadão queimado remete Zé Roberto à maconha de Frank Vieira, a incensada erva cultivada segundo misteriosas técnicas agrícolas reveladas a Frank durante os anos de prisão na década de 1990, em Dourados, no Mato Grosso do Sul, por Toshinabo Katayuma, também conhecido por Ronibaldo Catalunha, ou ainda Rozenbald Katchunsky. Apesar de só Zé Roberto e o filho Rodrigo serem usuários, os princípios ativos da droga parecem ter contaminado a casa, pois todos ali agem há meses de maneira descontrolada, como se as suposições de que o mundo está prestes a acabar tivessem sido confirmadas por cientistas da Nasa.

"Zé! Não pira...", implora Chica com um fio de voz, único som audível na sala. Impassível, ele continua a apontar a arma para W19. De repente, grita com toda a força de seus pulmões: "Kararaôôôôô!!!".

"Kararaô!", e não "Caralho", como muitos pensam estar ouvindo.

Em seguida, desvia a arma de W19, aponta para o alto e aperta o gatilho. Um baque seco abala as paredes por um instante. O tiro atinge o teto, rompendo ruidosamente o forro de gesso e atingindo a laje de concreto com um silvo.

"O senhor tem porte de arma?", emenda a policial, indiferente à tensão do momento e sacando enfim sua pistola. "E está ciente de que seu comportamento está pondo em risco a integridade física de todos os presentes? E já se deu conta de que seu filho foi preso comprando drogas? Me entregue já esse revólver!"

"A senhorita pode dar um tempinho?" Zé Roberto agora aponta o Taurus para a policial. "Não vê que coisas muito mais importantes estão acontecendo aqui? Quer iniciar um tiroteio, é isso? Que irresponsabilidade! Passa *você* essa arma pra cá."

"Tu tá ligado que vai em cana, não tá?", ela diz, enquanto entrega a arma para Zé Roberto com medo de que ele se descontrole ainda mais.

"Depois a gente conversa sobre isso." Zé Roberto guarda a pistola da policial na cintura. "E essas algemas no teu cinto?"

"O que é que tem?"

"Se algeme ao Rodrigo e me entregue a chave. Pulso direito com pulso direito, por favor."

"Qual é, pai?", questiona Rodrigo.

"Você fica quieto", ordena o pai. "Vacilão."

"Tá complicando a tua situação", lembra a policial, algemando-se a Rodrigo. Depois entrega a chave das algemas para Zé Roberto, que a guarda no bolso do paletó.

"Ridículo", ela conclui.

A afirmação funciona como catalisadora do reinício da grande confusão: W19, da mesma maneira que havia aparecido, corre de volta para o elevador, provavelmente prevendo que a próxima bala a ser disparada terá como endereço ela mesma.

"Dábliu Dezenove!", grita Zé Roberto, que sempre que pronuncia esse nome sente-se um personagem de *Star Wars*."Volta aqui! Quem é você? Você me deve explicações!" Mas a garota já está no elevador, a caminho do térreo.

"Eu não existo! Eu não existo...", vai dizendo W19 do elevador. "Nunca existi...", a voz sumindo à medida que a máquina se distancia, "... nunca existi..."

Betí Schnaider aproveita o ensejo para ligar de novo o computador.

"Você é quem me deve explicações, Zé Roberto", diz Chica recuperando a fleuma e o vigor vocal. "Dábliu Dezenove, que nome patético! E como você pergunta quem é você pra uma piranha que conhece até os pelos grisalhos do teu saco?"

"Como você pode chamar um fantasma de piranha?", se intromete Betí Schnaider. "Não ouviu a menina dizer que não existe? E a piranha aqui não sou eu?"

"Cala a boca, sua psicopata!"

"Piranha *e* psicopata. Estou evoluindo..."

"Cuida do Helinho que eu cuido da Dábliu Dezenove, Chica", sugere Zé Roberto. "E dos pelos do *meu* saco." Ele corre até a cozinha planejando pedir pelo interfone que o porteiro detenha W19 na portaria.

"Desiste", diz Rodrigo ao ver o pai pegar o interfone. "Tá pifado."

"Pelo jeito muita coisa anda pifada por aqui", observa a policial.

"Você nem imagina quanto", concorda Betí.

"É a falência da instituição", diz Helinho. "Como o capitalismo, a família também está implodindo."

"Funny", filosofa Jeff B. Cozan.

As constatações catastróficas e as previsões apocalípticas sobre os destinos da família e do capitalismo não convencem Chica: "Implodindo uma ova! O que você sabe sobre família, Helinho? E eu pagando de apaixonada? Sou muito monga mesmo. Tá tudo explicado. Era isso que você queria dizer quando falava que não suportava mais viver dividido e dividindo? Tava apaixonado pelo Jeff... Bem que isso às vezes me passava pela cabeça. Homem é tudo igual, mesmo veado".

"Que horror, Chica!", defende-se Helinho. "Que péssima argumentação! Anacrônica, grosseira e homofóbica. Você achava que eu estava apaixonado por você e temia que eu aparecesse aqui de surpresa pra me declarar e comprometer seu casamento, certo? Pois então. Mas não era nada disso. Você devia era estar feliz."

"Que mulher ficaria feliz ouvindo uma coisa dessa? Que o homem com quem ela tem um caso não só *não* está apaixonado por ela como a está abandonando para viver com outro homem!"

"Estamos presenciando o colapso da família como instituição", vibra Betí Schnaider. "Momento histórico."

"Vai se foder, Betí", diz Chica.

"Ninguém vai soltar a gente, não?", pergunta inutilmente Rodrigo.

"Família estranha, a tua", afirma a policial.

Determinada em sua missão reveladora — como Moisés brandindo a tábua dos mandamentos —, e graças a sua altura avantajada de ex-maneca catarinense, Betí agora ergue os braços em triunfo, mantendo o laptop a uma altura em que todos possam apreciar Zé Roberto em sua terceira ou quarta ejaculação. É por esse motivo que ninguém nota a chegada de Claudinha e de seu namorado, Wagner, o sambista. E mesmo que fossem notados, Claudinha e Wagner não teriam como concorrer com a performance de Zé Roberto, que, apesar de pálido e suando muito, desabala da cozinha e, com um salto desajeitado e a arma em punho, se precipita sobre Betí na tentativa de tirar o laptop das mãos da ex-maneca.

6.

Zé Roberto imagina-se num sonho em que se joga da janela. Sente sua consciência se desprender do corpo, e a voz de Claudinha chega a seus ouvidos como se processada por efeitos sonoros: "Betí, desliga esse computador! Pirou de vez? Que coisa desagradável".

Betí Schnaider, como se saísse de um transe, desliga prontamente o computador. Claudinha, a perfeita, toma pé da situação.

"Enlouqueceu, pai?", prossegue, chamando Zé Roberto de volta à realidade. Ela tira a arma da mão dele, estatelado no chão depois de um mal calculado salto. Pega também a pistola da policial, ainda presa à cintura de Zé Roberto.

"Maldita crise da meia-idade..." Claudinha entrega as armas para a policial. "Aceite esta aqui como uma modesta contribuição da família à campanha do desarmamento. E também como um pedido de desculpas. Meus pais andam meio estressados. O Rodrigo dançou, é? Ué, vocês estão algemados um ao outro? Nova técnica policial?"

"Dei mole", diz a policial. "Quer fazer o favor de me soltar?"

"O papai", explica Rodrigo, "guardou a chave da algema no bolso do paletó."

Claudinha volta até onde está Zé Roberto e pega a chave no bolso do seu paletó. Depois destrava as algemas, libertando a policial e Rodrigo.

"Você vai prender a gente?", pergunta Betí Schnaider.

"Daqui a pouco", responde a policial, mostrando o celular. "Passei um SMS para a delegacia. Os reforços estão a caminho."

"Você vai me algemar?", pergunta Zé Roberto.

"Não será necessário. Tu não me parece muito ameaçador agora, sem a arma." Ainda com a sua pistola na mão, a policial desmunicia o Taurus de Zé Roberto e o larga sobre a mesa. "Aliás, tu me parece bem esquisito. Todos vocês."

"E esquisitice é crime?", pergunta Chica.

"Vocês vão prestar depoimento na delegacia. Depois o delegado decide quem fica preso. Vários crimes foram cometidos aqui, e isso vai muito além de esquisitice."

"Eu avisei", diz Rodrigo.

"Eu preciso entrar em contato com o consulado norte-americano", observa Jeff B. Cozan, tentando demonstrar tranquilidade. "I'm a US citizen."

"Congratulations...", diz Chica.

"Quero falar com meu advogado!", exige Betí, com cara de que está curtindo o lance.

"Calma! Vocês vão ter tempo de explicar tudo na delegacia."

"Gente, vamos sentar... por que todo mundo não senta enquanto esperamos a polícia?", propõe Claudinha. "Alguém aceita um cafezinho? Ou vocês preferem que eu abra uma champanhe? Cervejinha? Pega o violão lá no quarto, Wagner. Vocês conhecem aquela do crioulo atropelado na estrada...?"

"Não!", interrompe Chica. "Nada de piadas de preto agora. Nenhuma piada, nem mesmo uma piada racista horrorosa, vai conseguir ser mais ridícula do que isto que estamos vivendo aqui. E nada de café, champanhe ou cerveja. Nem música! O buraco é mais embaixo. Estamos num tribunal de Nuremberg."

"Obrigado, mãe", diz Rodrigo. "Só faltava a gente ser obrigado a ouvir pagode agora."

"A culpa é minha!", grita a pequena Anita, que até então parecia estar escondida no forno junto com o empadão carbonizado. "A culpa é minha!"

"Anita!", diz Betí Schnaider. "Nada de revelações. Nem piadas. Peço às minhas duas filhas que permaneçam caladas, por favor. Deixem as revelações comigo."

"Você se sai melhor nas piadas, Betí", afirma Chica.

"Não, eu vou falar!", insiste Anita.

"*Eu* vou falar!", se adianta Zé Roberto, ainda sentado no chão. "Me desculpem, mas não estou conseguindo pensar direito. Estou meio estranho, como se estivesse anestesiado. Aliás, *muito* estranho. Me desculpem, e principalmente a nossa policial aqui, como é mesmo o seu nome, meu amor?"

"Sargento Mariaina. E não me chame de meu amor. Estou aqui a trabalho, e ser chamada de meu amor me desmoraliza."

"Mariana?"

"Mari*ai*na. Sargento Mariaina."

"Sargento, desculpe, não consegui entender o teu nome, assim como não estou conseguindo entender muitas coisas. E também não sei por que te chamei de meu amor, embora eu não acredite que isso desmoralize um policial. O amor só enaltece, mas pode deixar isso fora do Boletim de Ocorrência. Desmoralizado estou eu, um advogado literalmente caído no chão e exposto de forma abjeta. Perdoe o meu comportamento e o da minha família. Estamos vivendo uma catarse aqui. E já que estou fodido mesmo, vou acender um bequezinho..." Zé Roberto tira um baseado do bolso.

"Tá se complicando mais...", diz Mariaina. "Vou ter de te prender por porte de drogas."

"Pode prender", desafia Zé Roberto com o baseado na boca, procurando fósforos no bolso.

"Os valores, Zé Roberto", observa Helinho. "Vivemos uma crise de valores. Tudo o que está acontecendo aqui é muito significativo. Me sinto num microcosmo da nossa sociedade."

"Olha quem está falando de valores...", diz Chica, mantendo a fleuma. Depois se dirige a Zé Roberto: "Cê tá maluco? Vai fumar agora?"

"Perdido por um, perdido por mil. Microcosmo? Isto aqui tá mais pra barraco, mesmo. Sentem-se todos, por favor. Acomodem-se. Alguém me acompanha?" Zé Roberto acende o baseado.

"Posso?", pergunta Rodrigo.

"Cala a boca, Rodrigo!", explode Chica, cumprindo suas funções maternas. "Você está proibido de fumar maconha! Ainda mais na frente da polícia. Pirou, é?"

"Eu aceito", diz Jeff B. Cozan.

"Não acredito no que estou vendo!", reage Mariaina, que começa a filmar tudo com seu celular. "É o fim do mundo."

"É o mundo digitalizado, um novo mundo que surge, senhorita", filosofa Jeff, hesitando em pegar a bagana da mão de Zé Roberto. "Será que posso ser deportado?"

"Vídeo de celular não vale como prova judicial", garante Zé Roberto, passando a bagana para Jeff B. Cozan. "Sou advogado, fique tranquilo. Em termos jurídicos ainda vivemos num velho mundo. Fuma aí."

A sargento Mariaina recebe no rosto a baforada que Jeff B. Cozan expele depois de uma longa tragada no baseado. Ela capta o cheiro intenso e incomum daquela maconha.

"Bagulho forte", observa.

"Ô", concorda Rodrigo.

"Vamos nos concentrar, gente! Hellôôôuuu! Eu sou a vilã da história!", insiste Anita.

"Que chique", diz Claudinha, para amenizar o clima. "Vilã..."

"Vilã, sim, se a vida real fosse como um romance policial."

"O que você quer, Anita? Aplausos?", pergunta Betí, aparentando tensão pela primeira vez desde que chegou. "Você nunca seria a vilã de história nenhuma!"

"Deixa ela falar, mãe", diz Claudinha.

"Adoro quando você me chama de mãe, Claudinha."

"Se eu não sou a vilã da história, mãe, por que eu é que fui contar pra você que a Chica estava tendo um caso?", argumenta Anita.

"Todas as minhas filhas me chamando de mãe! É a glória!"

"Você contou pra ela?", pergunta Chica, indignada. "Por que você fez isso, Anita?"

"Não diga nada, Anita", implora Betí. "Toda mulher deve saber guardar segredos."

"Eu sempre tive uma mega-admiração por você, Chica", prossegue Anita, inabalável em sua determinação e indiferente aos clamores da mãe, "porque eu via em você coisas que não conseguia ver na Betí. Carinhosa com os filhos, sabe? Ligada neles, ajudando nos deveres da escola, preocupada se a Claudinha comeu o ovo todo, se o Rodrigo botou o capacete antes de sair de bike para a aula, coisas assim. Não que a Betí não seja carinhosa. Ou atenciosa. Te amo, Betí, mas você é meio... diferente."

"Pronto, parou de me chamar de mãe. Tava muito bom pra ser verdade. Tudo bem, filhota. Sou diferente mesmo. Mas não sou indiferente. Talvez eu ainda prefira ser chamada de Betí do que de mãe. Preciso trabalhar isso melhor na análise."

"Foi justamente num dia em que a Betí veio para a análise no Rio que eu comecei a ficar bolada com a Chica. Apareci aqui sem avisar uma tarde, e a Nanoca estava de saída. Ela me deixou entrar e foi embora. Fiquei na sala esperando alguém chegar e, como eu sempre faço quando fico sozinha, aproveitei pra entrar em contato com o meu pai. De repente senti um cheiro de sexo tão forte, eca, que quase vomitei. Era a Chica chegando do trabalho. O futum era tão intenso que a conexão telepática caiu na hora, como uma ligação de celular. Sinistro."

"O cheiro de sexo não era mais forte que o desse bagulho, era?", pergunta inesperadamente Mariaina.

"Mas, Anita", interrompe Chica, indiferente aos questionamentos metafísicos da policial, "como uma menina de doze anos pode saber como é cheiro de sexo?"

"Chica, pessoas como eu e Jesus Cristo já sabem de tudo com doze anos. Você nunca leu a Bíblia?"

"Parei na *Origem das espécies*", responde Chica, desistindo de argumentar com o monstrinho pré-adolescente.

"Não foi só o cheiro. Teve uma parada que me ajudou a perceber naquele dia que você estava traindo o Zé Roberto. Tipo uma visão. Uma visão com cheiro que entrou na minha cabeça como uma linha cruzada."

"Parabéns", diz Chica apelando para a ironia, o último reduto dos incompreendidos. "Agora, além de uma vidente, temos uma moralista em casa."

"E telepata", acrescenta Zé Roberto.

"Também estou tendo uma dessas visões olfativas...", comenta sorrindo e um tanto deslocada a sargento Mariaina, dando mostras de que a maresia da maconha de Zé Roberto começava a agir em suas sinapses.

"Galera, eu não tenho orgulho disso", defende-se Anita. "Tô me abrindo com vocês! Fiquei chocada de pensar que a Chica transava com outro homem enquanto o Zé Roberto estava viajando. Não combinava com a ideia de mãe que eu fazia dela e eu fiquei com raiva. Dá pra entender o meu drama? Por que ninguém leva criança a sério?"

"Mais sério que isso, Anita?", pergunta Chica. "Um monte de adultos boquiabertos ouvindo a história de uma menina que, como Jesus Cristo, já sabe como é cheiro de sexo com doze anos?"

"Vamos deixar Jesus fora disso? Naquela tarde eu jurei pra mim mesma que não ia falar das minhas desconfianças com ninguém. Mas assim que encontrei minha mãe à noite, não resisti. Não sei o que me deu. Contei tudo. Desculpa, Chica... sou humana."

Claudinha abraça a irmã, que arma uma carinha de choro.

"Tu é uma tremenda xis nove", conclui Chica. "Isso sim."

Anita desaba no choro, amparada pela irmã.

"Olha como fala com a minha filha!", reage Betí.

"A cena está linda", interrompe Zé Roberto, cada vez mais pálido, "cheia de revelações, culpa, perdão e violência sangrenta. Bem cristã, uma beleza. Só não entendi o que isso tudo tem a ver com a aparição da nossa ex-maneca psicopata com imagens comprometedoras minhas e da Dábliu Dezenove."

"Sem eufemismos, nobre colega!", rebate Chica. "Imagens suas batendo punheta enquanto uma putinha revira o cu pra te excitar, isso sim! Já parou pra pensar que tua carreira de advogado está acabada?"

"Se a do Bill Clinton não acabou, por que a minha vai acabar?"

"Ei, chega de dispersão! Quer saber?", desafia Betí. "Quer mesmo saber como a Dábliu Dezenove veio parar no meu laptop, Zé Roberto?"

"E também como ela veio parar na minha porta, Betí. É tudo que eu quero saber. Eu e a Hillary aqui".

"Hillary é a puta que o pariu!" Chica perde a compostura.

"Só se você abrir uma champanhe antes...", sugere Betí, fazendo charminho. "E me servir a primeira taça."

"Estou sem forças." Zé Roberto continua sentado no chão.

"Eu abro!", se prontifica Helinho.

7.

Hélio abre a champanhe e o estouro da rolha faz Jonas voltar a latir. Claudinha e Wagner se incumbem de servir e distribuir as taças. A sargento Mariaina acalma o cão, que aparentemente relevou o fato de que quem o acariciava poderia complicar a vida de seus donos — seus compassivos entes humanos —, e agora lambe a mão dela com afeto canino, aquele em que não cabem dúvidas ou ambiguidades. Os princípios ativos da maconha agem no cérebro da agente da lei, refreando seus impulsos repressivos e expandindo sua capacidade de dispersão. Uma estranha e ancestral forma de identificação surge entre Jonas e Mariaina. Rodrigo pede licença para ir ao banheiro.

"Vou rapidinho", ele ressalta.

"Tá de boa", concorda a policial, ainda acariciando Jonas e com o olhar distante, como se contemplasse ao longe a morte da bezerra.

Embora Betí proponha um brinde, ninguém se anima.

"Um brinde a quê?", pergunta Chica. "Ao fim do meu casamento? À prisão do Rodrigo? Às viaturas que nos levarão para a delegacia? Ou ao fato de a Anita ser uma xis nove?"

"Que falta de humor, Chica! Um brinde a este momento histórico", afirma a ex-maneca. "Ao fim das trevas! À queda da Bastilha familiar!"

"Não enrola, Betí", reclama Zé Roberto. "Desembucha!"

"Vocês sabem por que a Dábliu Dezenove disse que ela não existe?", prossegue Betí. "Porque ela não existe mesmo. É uma personagem que eu inventei! Sei que pra maioria de vocês eu não passo de uma ex-maneca louca que acabou ficando mais conhecida por ter criado uma técnica revolucionária chamada chingala, que eu sei que vocês acham que é só mais uma loucura minha, mas que, fiquem sabendo, é uma mistura séria e reconhecida de I-ching com cabala que me tomou anos de estudo e que leva ao mais profundo, eficaz e completo autoconhecimento! Portanto, sou muito mais capaz do que vocês imaginam. E provei isso hoje, aqui."

"Técnica revolucionária?", questiona Chica. "Chingala? Poupe-me, Betí. Isso pra mim tem outro nome: um-sete-um."

"Vocês são loucos pra caralho", constata a sargento Mariaina, mas a essa altura só Jonas lhe dá ouvidos.

"O que foi que você provou com tudo isso, Betí?", pergunta Zé Roberto. "Além da sua competência para armar um barraco antológico e destruir um aniversário de casamento?"

"Aniversário de casamento? Ela acaba de destruir um casamento inteiro!" Chica em pé de guerra.

"Calma, gente! Dá um golinho na champanhe, Chica, relaxa... Eu não destruí nada. Estou prestando um serviço a vocês. Oferecendo uma ressurreição."

"Ah, obrigada. Devo me ajoelhar e rezar?"

"Não. Pode ficar sentadinha. Vem mais coisa por aí."

"Por que você *inventou* a Dábliu Dezenove, Betí?", insiste Zé Roberto. "Com que intuito?"

"Com o intuito de mostrar quem eu realmente sou. E, claro, também de me vingar um pouquinho de vocês..."

"A Nêmesis de Búzios...", observa Chica.

"Mas pra quê? O que você ganhou com isso?"

"Eu ganhei a oportunidade de me expressar, Zé Roberto. Logo que a Anita me contou que desconfiava da Chica, eu contratei um detetive. Em pouco tempo comprovei que a Chica estava mesmo tendo um caso com o Helinho. E, surpresa!, descobri que o Helinho, por sua vez, se relacionava com o chefe dele, o nosso simpático gringo grisalhinho aqui", ela se dirige a Jeff B. Cozan, subitamente lânguida: "Gato...".

Jeff enrubesce, envaidecido, mesmo desconfiando que Betí está tirando uma da sua cara.

"Mas não era isso que me interessava", prossegue Betí, "embora seja um detalhe bem picante. Naquele momento eu poderia simplesmente ter contado a história toda pra você, Zé, que já seria o suficiente para abalar ou até implodir o casamento bonitinho de vocês dois." Betí dirige-se aos demais como uma advogada canastrona de filme americano discursando a um júri: "Mas achei que seria muito cômodo para o Zé Roberto transformar a Chica na vilã da história, enquanto ele saía como vítima, como o pobre marido traído. Que injustiça! Então preferi me superar e inventei uma mulher para conquistar o Zé Roberto, assim ele e Chica ficariam em pé de igualdade: não haveria vencidos nem vencedores."

"Muito obrigada... *amiga*", diz Chica, deixando transbordar um pouco do veneno excedente.

"Ainda não entendi o que você ganhou com isso", insiste Zé Roberto.

"Não ganhei nada; vocês é que ganharam! Eu só revelei os fatos. Em primeiro lugar, consegui mostrar que você não é o maridão exemplar que todos pensavam. Traiu sua mulher, ou tentou trair, na primeira oportunidade que teve. Por outro lado, também provei que Chica, a virtuosa, tem um amante com quem pinta e borda nos motéis da vida. Ou seja, o suposto casamento perfeito de vocês é uma mentira. Com isso também demonstrei que, por mais despirocada e decaída que vocês me achem, eu sou capaz de arquitetar uma vingança tão devastadora quanto um furacão Katrina ou uma dose letal de veneno de escorpião. A vingança, afinal, é que move o mundo. Alguém discorda?"

"Pare de tergiversar, Betí", diz Zé Roberto, pálido e trêmulo, mas mantendo a pose e o vocabulário de advogado. "Quem é Dábliu Dezenove, porra? E o que ela veio fazer aqui?"

"Dábliu Dezenove não passa de uma garota de programa suburbana que eu contratei para interpretar a sofisticada e *sui generis* fã de Erik Satie e dos Dead Kennedys. No começo tive medo de que ela ficasse uma personagem inverossímil, forçada. Mas a ficção também pode ser muito poderosa..."

"A ficção ou o tesão?", observa Chica, só para constar.

"Ah, claro. Cuidei de encontrar uma gatinha que preenchesse os requisitos sexuais do Zé Roberto, evidente. Conheço o paladar do Zé. Nós tivemos uma história..."

"E uma filha, não esqueça", observa Claudinha, para que sua existência não passasse em branco.

"Concentração, por favor!", pede Zé Roberto, as palavras saindo com esforço. "Betí?"

"Dábliu Dezenove. Nome verdadeiro: Waimea. Dá pinta de vez em quando em Búzios, triatleta nas horas vagas, pai surfista, seu maior sonho é participar do *Big brother* para mostrar ao Brasil suas unhas fosforescentes pintadas de uma cor diferente todos os dias. Bastou eu dizer que tinha contatos quentíssimos na Globo e que poderia conseguir uma vaga para ela em futuras edições do reality show que Waimea topou me ajudar na hora."

"Conta também que tu deu uma graninha pra ela", diz Anita, já recuperada da crise de choro.

"Gente, e alguém faz alguma coisa de graça hoje em dia?"

"Uma prostituta com certeza não", provoca Chica.

"Que falta de imaginação... Waimea é muito mais que uma prostituta. Foi como mármore bruto, deixou que eu a moldasse para poder atingir meus objetivos. Fui uma espécie de Pigmaleão, sabe? Aquele rei que esculpiu uma mulher ideal."

"Eu *sei* quem foi Pigmaleão, Betí!"

"Mas deu trabalho, viu? A imbecilzinha não conseguia pronunciar Satie de jeito nenhum, insistia em falar *Satiê*, um horror. Só que ela se esforçou, demonstrou uma tenacidade de atleta e uma ambição de vagaba, e tudo acabou dando certo. Claro que também com a ajuda inestimável da minha Anita aqui, que me serviu de cúmplice e informante."

"Valeu, Betí", diz Anita, cínica e ao mesmo tempo resignada, prevendo a derrocada de sua reputação na casa.

"E você queria revelar tudo, filhota... Entendeu agora por que a mamãe falou que mulher tem que saber guardar segredos?"

"E o que a Dábliu Dezenove, quero dizer, a Waimea, veio fazer aqui?", pergunta Zé Roberto, quase desfigurado fisicamente.

"O problema de criar bons personagens é que eles ganham vida própria. Não é o que os escritores dizem? Eu trouxe a Waimea comigo, mas pedi que ela esperasse lá embaixo, no carro, quietinha, e que eu chamaria se precisasse de uma acareação, se alguém me acusasse de ter forjado as imagens no computador. Mas a periguete não aguentou e veio fazer graça aqui em cima. Bem feito, quase levou um tiro. O *Big brother* dançou..."

"Patético... Como fui cair numa arapuca boçal como essa?"

"Porque tu é um trouxa, Zé Roberto", esclarece Chica, tentando fazer o marido entender o óbvio da maneira mais simples. "E um otário. E um tarado."

"E um homem normal", acrescenta Helinho, se metendo onde não tinha sido chamado.

"Eu te perguntei alguma coisa?", Chica fuzila Helinho com o olhar, confirmando que ele não tinha sido requisitado para dar palpites no casamento alheio.

"Ei, não menosprezem meu trabalho. Fui bem convincente!", diz Betí. "Todos os e-mails de Dábliu Dezenove mostrando aquela surpreendente erudição foram escritos por mim, o que me transforma numa espécie de Cyrano de Bergerac de minissaia do século vinte e um."

"Só faltou o narigão", observa Chica. "Porque as mentiras já são suficientes pra te transformar também numa Pinóquio de cinta-liga do século vinte e um!"

"Boa, Chica, gostei. Recuperando o senso de humor, é? Eu não disse que íamos viver uma transformação aqui?"

"Betí", afirma Zé Roberto num fio de voz, com uma calma inesperada, "você é uma complexada."

"Papo brabo, Zé Roberto. Complexada por quê?"

"Porque você não soube ser mãe, a Claudinha foi praticamente criada pela Chica e a Anita vive desgarrada. Porque você é uma mulher egoísta e fracassada. Porque está na cara que você é uma desequilibrada e não conseguiu mais encarar a vida real depois que a sua carreira de maneca se desfez."

"E eu acho que vocês têm uma visão careta, moralista e limitada da vida, isso sim."

"Pode ser. Eu até entendo que *você*, sendo quem é, tenha se aproveitado dessa situação para se vingar não só da Chica mas também de mim, me atraindo para uma armadilha e fazendo com que eu me envolvesse com a Dábliu Dezenove. Assim acabou se vingando de todo mundo: das pessoas que vivem em família, dos casais que mantêm relacionamentos estáveis, daqueles que te acham uma idiota e, talvez, no seu delírio, de toda a civilização ocidental, ou pelo menos de parte da civilização que condena certas pessoas a acabarem em Búzios como uma patética ex-maneca massagista guru do autoconhecimento. O que eu não entendo, e que, paradoxalmente, me instrui sobre a natureza humana, caso seja possível alguém *instruir-se* sobre ela, é que a *Anita*", ele dirige o olhar à menina, "tenha se aproveitado da sanha da mãe para se divertir sadicamente com a situação, como na madrugada em que você me perguntou, Anita, quem era

Dábliu Dezenove, fingindo-se de desconfiada, quando na verdade já sabia de tudo e até era uma das responsáveis por aquele teatro ridículo, cúmplice dessa trama sórdida. Obrigado, Anitinha, pela lição de vida."

"De nada, Zé. Eu não falei que eu era a vilã da história?", diz Anita com os lábios torcidos, segurando as lágrimas até o final da frase. Depois cai no choro mais uma vez.

"Desencana, querida. Chego a admirar a inventividade de vocês, sinceramente. Uma vez a Dábliu Dezenove me atraiu até São Paulo prometendo mais um encontro, sem que eu soubesse que motivos a levavam até lá, só para depois me dar o bolo, avisando por telefone que naquele momento não podia abandonar um hipotético *ex*-namorado, um triatleta suicida. Triatleta suicida? É uma sacanagem sem limites. Como eu fui cair nessa? Não existem triatletas suicidas, nem mesmo em São Paulo. Triatlo e suicídio são incompatíveis..."

O som das sirenes das viaturas da polícia irrompe pela janela, chamando a atenção de todos. Ou de *quase* todos, já que a sargento Mariaina agora rola sorridente pelo tapete com Jonas, divertindo-se como nunca e alheia aos acontecimentos. Enquanto os olhares se voltam na direção do ruído estridente, Claudinha repara que a palidez e o tremor de Zé Roberto aumentaram e que ele começa a engrolar as palavras. Seus argumentos definitivamente soam fora de contexto. Nota também que há sangue empapado no paletó dele, à altura do ombro direito.

"O que é isso, pai? Você se feriu? Você está pálido!"

Zé Roberto não tem tempo de responder. Tudo fica branco de repente e ele apaga.

III

O que aconteceu, naturalmente, foi que Chica e eu nos separamos.

No dia seguinte, quando acordei no hospital, recebi a notícia de que a bala que eu tinha disparado contra o teto não só havia furado o forro de gesso como ricocheteado na laje de concreto e, na trajetória de volta, me atingido no ombro direito. Naquele momento, talvez pela alta voltagem emocional dos acontecimentos, ninguém reparou no fato, nem mesmo eu. Anestesiado pela cólera e pela vergonha, não senti dor nenhuma. Mas a bala se alojou na minha coluna cervical e com isso perdi as funções motoras do braço direito. Ou seja, um importante membro da minha anatomia deixou de ter um uso prático para adquirir, digamos assim, uma função decorativa. Mas há males que vêm para o bem: eu ter perdido os movimentos do braço direito acabou provocando uma reviravolta na minha vida.

Durante a convalescença readquiri o hábito de escrever à mão.

Começar a escrever com a mão esquerda depois de mais de trinta e cinco anos fazendo isso com a direita é uma experiência transformadora. E penosa. No começo, meus garranchos eram ilegíveis. Ainda são, mas pelo menos agora consigo decifrá-los. Na mesma época, ainda no hospital, talvez para matar o tempo, retomei a prática de fotografar. Inicialmente apenas fotos do meu quarto, do banheiro e do corredor quando não havia ninguém passando. Depois, fotografei as ruas e os morros de Copacabana que eu vislumbrava da janela. Em seguida passei a fotografar serventes, enfermeiras e médicos. Por fim tomei coragem e fiz retratos das pessoas que iam me visitar. Mas como eu só tinha a mão esquerda para fotografar, e com ela eu segurava a câmera e apertava o disparador, as imagens saíam sempre um pouco tremidas. Em vez de essa limitação me desestimular, senti vontade de explorá-la, e com isso criei uma marca, um estilo que é hoje minha assinatura profissional: só faço fotos tremidas, que o pessoal da área acha o máximo, pois as imagens ganham um sentido de urgência muito adequado aos tempos que vivemos.

Graças a esse insight, quando saí do hospital praticamente abandonei o direito e retomei a carreira de fotógrafo, o que anda me rendendo, além de uma satisfação imensa, alguns problemas para pagar as contas em dia. Chica e eu não ficamos separados por muito tempo e voltamos a viver juntos depois de alguns meses. Voltamos do abismo, por que não?, transformados, como quem vai até o inferno e retorna com algumas queimaduras leves. Nos reencontramos. Deve ser o que alguns poetas drogados e anacrônicos chamam de amor. Não se pode exigir mais de um casamento feliz, imagino. Hoje em dia rimos do que aconteceu e reputamos os eventos a uma dessas crises corriqueiras por que todo casal passa de vez em quando. A Chica se demitiu da fundação e arranjou um emprego ótimo na Fiocruz; ela sempre foi muito competente. Seu salário tem segurado as pontas por enquanto, e ela está vivendo a situação inédita de sustentar a casa com a euforia masculina que lhe é peculiar.

Aquele dia específico, o dia do congestionamento, foi sem dúvida estranho e revelador. Pena eu ter perdido o *gran finale*, desacordado que estava num hospital quando todos no apartamento foram para a delegacia. Mas não demorou muito para serem liberados, já que a sargento Mariaina, um caso raro de extrema sensibilidade aos efeitos da *cannabis*, não conseguiu relatar os fatos ao delegado com um mínimo de coerência, e tampouco as imagens confusas que ela registrou em seu iPhone serviram para provar coisa alguma.

Até hoje eu e Chica estamos brigados de morte com Betí Schnaider, claro. Ela continua a massagear a galera em Búzios, zero arrependida de tudo que fez e, pelo contrário, orgulhosa de ter, como ela diz, "revelado a verdade a dois farsantes" ou, ainda, "devolvido a visão a dois cegos". Talvez ela tenha razão. Anita foi perdoada por suas indiscrições, não sem antes tomar uma chamada federal da Chica e outra de mim, separadamente. Cada uma num dia diferente, em que Anita teve de elucidar tim-tim por tim-tim a sofisticada trama engendrada por Betí Schnaider, a pérfida vingadora da rua das ostras. Um trabalho de profissionais, sem dúvida.

Rodrigo foi proibido de fumar maconha e de se encontrar novamente com a turma dos surfistas filósofos growners e seu guru supremo, Frank, que passou alguns dias na prisão mas já está de volta à ativa. Proibições que o Rodrigo, claro, não anda respeitando. Quanto a mim... Não posso dizer que tenha parado de fumar maconha, mas já não dou tanta importância ao fato. E já que o fato não tem tanta importância, continuo fumando a erva mágica do Frank e tenho, inclusive, frequentado sua casa assimétrica no Recreio. Impossível não reconhecer o caráter revelador e transformador da erva cultivada segundo as técnicas secretas de Toshinabo Katayuma, ou Ronibaldo Catalunha, ou ainda Rozenbald Katchunsky — será que ninguém vai lembrar de dar um Nobel pra esse cara?

Assim, se a maconha do Frank conduziu minha família a uma implosão, sem dúvida tem atuado também como elemento fundamental na reunião dos cacos e cinzas dessa mesma família, permitindo que ela se reconstrua como uma igreja inacabada de Gaudí. Outro dia fiz umas fotos bem loucas — e tremidas — do Frank e de sua mulher, a Josephine, e conquistei o privilégio de ser convidado para seus famosos banquetes comemorativos, em que se degustam sushis de peixes cegos. Nesses jantares Frank costuma definir meu trabalho para seus amigos surfistas e maconheiros como "fotos com eco", antes de recitar algum sofrível poema de sua autoria. Agora a Chica sabe que eu fumo e até arrisca uns tapinhas de vez em quando. Nosso relacionamento sexual sempre foi ótimo e os acontecimentos recentes, mais a maconha que consumimos juntos de vez em quando, serviram para deixá-lo ainda mais vibrante. Confesso que me masturbar com a mão esquerda tem funcionado como uma redescoberta do mundo. Apesar de acordar em algumas manhãs com saudades da W19, ou do corpão dela — e de às vezes fantasiar, durante trepadas com a Chica, que estou fodendo a W19 —, me mantenho fiel à minha mulher, embora não saiba dizer se ela anda pulando a cerca. Nunca se sabe. Não dizem que a mulher que andou na linha o trem matou? Oportunidades não lhe faltam, pois por causa do meu novo projeto fotográfico, passo a maior parte do tempo longe de casa, em lugares como o que me encontro agora.

Quanto ao resto da família, posso afirmar que o Rodrigo anda pegando a Mariaina, a policial que fica doidona só de alguém acender um baseado num raio de duzentos metros e descendente direta de uma escrava africana que veio para o Brasil ainda criança. Mas essa é outra história. Rodrigo e Mariaina estão apaixonados, o encontro de duas libidos incandescentes. Como a Claudinha já namora um pagodeiro preto, podemos dizer que a galera lá em casa anda chegada numa afrodescendência. Ah, recebemos há algumas semanas um postal de Jeff B. Cozan e Helinho, de férias na Tailândia. Uma graça. Outro dia ouvi a Nanoca, a empregada, cantarolar na cozinha: *love is in the air, everywhere I look around, love is in the air.*

Sobre o meu novo projeto fotográfico, vale dizer que não uso mais um cocar de índio na cabeça. E também que não vejo nenhuma originalidade em fotografar putas, mendigos, travestis e turistas gringos em Copacabana. Minha futura exposição mostrará apenas fotos de diferentes congestionamentos cariocas, tremidas e levemente fora de foco, como dita meu estilo. Passo os dias em busca de congestionamentos, e eles surgem nos lugares mais inesperados — sem desprezar os que sempre surgem nos lugares *esperados*, evidentemente. Um dia estou na avenida Brasil, outro na Linha Vermelha, de manhã em Laranjeiras, à tarde no Caju, à noite na Lagoa, uma segunda-feira em Belfort Roxo, uma quarta no Leblon, uma sexta na Ponte Rio-Niterói, à noite na Perimetral, sábado na Barra, domingo na Linha Amarela, sempre na garupa de um mototáxi, já que não posso mais dirigir e mesmo que pudesse seria um contrassenso me aventurar a caçar congestionamentos a bordo de um automóvel. Às vezes me dou ao luxo de me deslocar de helicóptero, o que acaba saindo um pouco caro para a Chica, mas ela não liga e me incentiva sempre. Fotografo os congestionamentos de todos os ângulos possíveis. De dentro e de fora, sobre e sob os carros. Fotos aéreas, closes reveladores, retratos de personagens: motoristas ansiosos, crianças histéricas, vendedores sonolentos de biscoitos, guardas de trânsito sádicos, assaltantes burocráticos, pedintes melancólicos e pastores evangélicos doidões de cachaça e anfetamina. Nunca mais encontrei uma cigana no trânsito. Quando não estou fotografando, tomo notas à mão — esquerda — em meu caderno, um objeto que com certeza não despertará a cobiça de nenhuma cigana pós-moderna, caso surja alguma por aí. Tenho chegado a algumas conclusões interessantes sobre congestionamentos. O apocalipse, o juízo final, o *turning point*, o nirvana, o ponto ômega, a apoteose, o xis do problema, chame como quiser, a solução da equação está nos congestionamentos. A civilização, na ânsia obsessiva por mobilidade e velocidade, acabou dando na imobilidade total, atolada num congestionamento monstruoso. Agora precisamos aprender como sair dessa. Talvez a primeira medida seja simplesmente abrir a porta do carro e cair fora. Eu adoraria fotografar um imenso cemitério de automóveis, o museu a céu aberto de uma civilização extinta, uma Machu Picchu de alumínio e combustível fóssil.

ESTA OBRA FOI COMPOSTA POR OSMANE GARCIA FILHO EM ELECTRA E
IMPRESSA PELA GEOGRÁFICA EM OFSETE SOBRE PAPEL PÓLEN BOLD
DA SUZANO PAPEL E CELULOSE PARA A EDITORA SCHWARCZ
EM ABRIL DE 2013